赤い花と青い森の島で

佐山啓郎
Sayama Keiro

文芸社

赤い花と青い森の島で／目次

赤い花と青い森の島で

一　船出

汽笛が長く尾を引いて鳴り響いた。二度目のそれは格別太い大きな音で、東京湾の夜空を震わせ、暗い海の底深く響き渡った。斉田順平は船の欄干に両手をかけて、いくつもの星の輝きを見上げながら大きく息を吸い込んだ。

彼は今、伊豆の大島に渡ろうとしている。大島に行くのも真夜中の客船に乗るのも、まったく初めての経験だ。彼が島の学校の教師になるというので、家を出るときから親兄弟や友人たちの見送りを受けて誇らしげな気分に包まれていたが、先刻、上下に揺れるタラップを渡って乗船してから、彼の胸は少し不安定になっていた。

船は橘《たちばな》丸といって、大島航路の船の中では最大のものだ。甲板の上に立ってみれば盤《ばん》石《じゃく》の安定感であるが、船に身を任せて出発する彼自身の頼りなさは逆に言いようもないほどなのだ。

いよいよ出港とあって、港全体を押し包むように「蛍の光」のメロディーが大音量で流れ始めた。桟橋で送る人と船に乗って送られる人とを結んだ数え切れないほどのテープが、ライトに照らされていっそう華やかに揺れて見える。

いかにもおあつらえ向きの別れの場面となって、順平は何だか気恥ずかしい気分に襲われるのを感じた。彼の右側で三人の小学生は手に一つずつテープを持ち、彼の左側で寄り添った若いカップルはテープなど持っていないというのに、間に挟まれて欄干にもたれた順平は、一人で右の手に五本ものテープを握っていた。もう十分以上もそうしているのだが、テープの先にいる友の気持ちを台無しにするわけにもいかないから、彼はそれをまだしばらく放すわけにはいかない。

順平の友人たちは桟橋の端まで出てひとかたまりになり、彼に向かって盛んに手を振っている。その中に弟の政志もいて、握ったテープを高く挙げて万歳でもするように両手を振っている。

気が付くと船はすでに桟橋を離れ、順平の真下で暗い水面がスクリューの回転に沸き立っていた。船の動きは意外なほど速く、彼が摑《つか》んでいた五本のテープはあっという間に途中で切れて、双方の切れ端が水面に落ちて行った。

急激に、それまで抑えていたある強い感情が、順平の胸を突き上げてきた。彼は慌てて桟橋に向かって右手を力一杯に振った。

やがて船が航路を取って向きを変えると、灯《あか》りに照らされて沸き立つ桟橋は見る見る後方に遠ざかり、夜の海の向こうに吸い込まれて行った。

順平は不覚にも涙が溢《あふ》れるのを感じた。急激な別離の情に襲われて、足元が定かでないような気がした。こんなはずではなかったとうろたえて、思わず周囲を見回した。

船の甲板は結構広く、かなりの人で賑わっている。さっさと船室に入って行く人もいるが、しみじみと別れの余韻に浸っている人の方が多い。彼の脇にいた小学生たちは上の甲板に走って行ったが、若いカップルはいつまでも欄干を離れない。

順平は、甲板の上をゆっくり移動しながら四方を眺めた。港の明かりから遠ざかった船の前方には、空も海も薄闇の中に限りなく広々として見えてきた。彼はたとえようのない孤独感に包まれるのを感じた。

橘丸は確かなエンジンの音を響かせて暗い海面に白い航跡を描き、外海に向かってまっしぐらに進んで行く。この船が伊豆大島の桟橋に着くときは夜が明けていることだろう。

順平はその島の高校で、新任教師として一人で暮らすことになる。それを思うと妙に気負った感情が込み上げてくるのを感じた。太鼓でも叩くようなエンジンの音に乗せられて、彼の心も高鳴っていた。

船底の三等船室に行ってみると、すでに多くの人が自分の荷物を枕にしたりして横になっていた。四月の初めだから観光客も多いが、質素な服装の様子から見て、島に住んでいる人もかなり含まれているように見えた。談笑している者はほとんどなく、ときどき向こうの方から子供をあやすらしい若い母親の声が聞こえてきたりした。とにかく船が島に着くまで七時間近くの間、この薄暗い船室の、濃緑色の硬い敷物の上で耐えて眠るしかないのだ。

順平は自分の荷物の横にあぐらをかいて、思わず茫然としていた。今しがた目にした桟橋の光景がいつまでも彼の頭から消えなかった。

父親も母親も家の門口で順平を見送り、弟の政志が家族代表のようにして兄を送って港まで来た。政志は大学の三年生だが、いささか興奮気味で、兄の出発のために何かと気を遣っていた。その弟の生真面目な顔が何度も浮かび、別れ際に大した言葉もかけずに来てしまったのが悔やまれた。順平の大学の友人たちも七、八人やって来たが、船出の見送りは初めてだという者が多く、彼らも少々興奮気味で、次々と順平に固い握手を求めて来た。大島なんてすぐ近くだからと言っては、順平の方が照れてばかりいた。

　順平が大島に向かって出発すると聞いて、是非もう一度会おうと四日前、仲間を大学近くの飲み屋に呼び集めた南村は、石川県の郷里に帰る都合で見送りには来ていなかった。

「斉田が大島に行って教師をやると聞いて、俺は驚いたけど、勇気があるなあと思った。だって離島の教師なんて、普通考えないぜ」

　あの日、焼き鳥の匂いの立ち込める飲み屋で南村が言った。

「それほどでもないが……」

　順平はそんな答え方をしたのだが、南村はなおも言った。

「いや、勇気があるよ、君は。実際に行ってみれば大変だろうと思うけど、頑張ってさ、教師だから向こうの人たちの生活の中へ入って行くチャンスもきっとあるしさ、じっくりといろんな話をしてみてくれよ。人間の生活意識っていうのはそう簡単に変わらないけど、何か自分たちと違う考え方があるなってことに気付けば、それだけでずいぶん変わっていくんじゃないかな……」

郷里に帰って地方紙の記者になるという南村は、その帰郷の日を間近にして、順平に向かってしきりとそんなことを説いていた。

南村は学生運動にも熱心に取り組んだ男で、順平はどちらかと言えば南村に付いて行った方だった。学生運動が四分五裂の状態になっていく中で、南村は毛沢東が重視したという下郷《かきょう》運動のことを真剣に考えていたのだ。

船室内には焼け焦げた重油のような臭いが漂っていて、ゴトゴトと響くエンジンの音が床を震わせている。

順平の座っているすぐ側に、年老いた夫婦者が並んで横になっていた。男は仰向いて目をつむり、日に焼けた額が船室の小さな電球の光を受けて輝いて見えた。女は男の方に体を向け、布袋のようなものを前に置いてそれに顔を埋めるようにして眠っていた。深いしわの刻まれた二人の寝顔を見ながら、順平は質素な島の生活のことを想像してみた。

彼が大島の高校で教員になる決心をしたとき、三原山で有名な明るい観光地としてのイメージを思い浮かべただけで、実際に島でどんな生活が彼を待ち受けているかなどあまり考えなかった。

父親の修平は順平の独断に初めは不快感を見せた。高校の教員を退職して大学の講師に出ていた修平は、息子が何の相談もなく赴任先を決めてしまったことが気に入らなかったのだ。だが家を出て自活したいという順平の考えは以前からあって、それは父親の影響下から飛び出したいという気持ちゆえに他ならなかった。

母親の時子は何も言わずにいて、いよいよ門口で息子を見送るとき、何とも言えない寂しげな目をした。順平はその目の色を思い出した。そうして、自分が初めて仕事を持って暮らす伊豆の大島という離れ島が、彼自身にとってまったく得体の知れない未知の場所であることを、今更のように思うのだった。

来年はオリンピックが開催されるというので、東京は今その準備に明け暮れて建設ラッシュに沸き立っている。その東京の街に背を向けて行くような寂しさを、順平はふと思った。

だがそれは、かえって自分を反発させ、奮い立たせずにおかない契機でもあったはずなのだ。ぬくぬくとした親元から離れ、辺地とされるような場所に行って教育の仕事に打ち込んでみる。そこから自分の人生が始まる。そういう気負った思いが彼の胸中にあったのは確かだった。

彼は旅行鞄《かばん》のポケットから、友人たちが差し入れてくれた茶色の小瓶を出してみた。やおら、キャップを開けて少量を口に流し込んでみた。舌を刺す液体が、喉《のど》を焦がしながら胃に落ちて行くのを感じた。それが妙に心地よい気もして、さらにもう一口飲んだ。彼は酒に強い方ではないが、ウイスキーというものの味に大いに得心がいったような心持ちがした。

やがて、体中の神経が緩んでくるような不思議な心地よさが急激に広がってきた。横になって仰向いてみると、薄い光に照らされた灰色の低い天井が彼の上にのしかかっていた。彼は目をつぶった。ひっきりなしに船室を震わすエンジンの音が、彼の感覚から急速に遠のいて行った。

夜明けの空気を震わせて橘丸が高らかに響かせた汽笛の音に、順平は目を覚ました。すでに船はエンジンを止めていて、船腹を打つ波の音が聞こえる。何やら猫の鳴き声のような海鳥の声が、微《かす》かな羽ばたきの音とともに遠く近く聞こえる。薄暗い船室のあちこちで、目覚めた人々が少しずつ動き始めた。どうやら大島の元町港に着いたらしい。

順平は体を起こすと、すぐに甲板に上がってみた。

甲板の上には湿ってなま暖かい海風が吹いていた。空は雲に覆われて日射しは見えない

一　船出

が、かつて味わったことのない、潮の匂いに満ちた朝の空気を体いっぱいに感じた。海鳥が甲高い鳴き声を上げながら白い翼を振って船のすぐ脇を力強く飛んで行く。

目を上げると、大島の全貌がすぐ目の前だった。白い噴煙を頂いた三原山が、海際まで続く緩やかな裾野を見せて横たわっている。まるで両手を広げて悠然とこちらを見下ろしているかのようだ。それはすばらしく大きな眺めだった。

その赤茶けた山肌の下方に張り付いたようになって、元町の集落が見渡せた。今日からこの島の住人となって暮らすのだと思うと、捉えどころのないような不安や期待が湧き起こってきた。

やがて、軽い衝撃音とともに橘丸の大きな船体が港の桟橋に横付けになった。

順平は大型のボストンバッグと紙袋を提げてタラップに向かった。起き抜けの船客たちは動作が緩慢で、タラップの途中でも足が止まりかけたりした。

「お客さん、荷物を引っ込めてください」

先ほどから聞こえていた声が急に間近に聞こえたので、順平はびっくりした。見ると、タラップの降り口に立った制服制帽の男が、顔を真っ赤にして彼の方を睨んでいた。順平のボストンバッグがタラップの端から大きくはみ出しているのを注意しているのだ。日焼けした顔に青い髯跡《ひげ》が色濃く見える、若い男であった。

桟橋に降りると、順平は靴底にざらざらとした小砂利を感じながら歩いた。その間も桟橋には船の上と同じなま暖かい風が吹き続けていた。赤い屋根の建物に入ると広い待合室に熱いお茶が用意されていて、夜明けの港に着いたばかりの客たちを迎えた。

順平が待合室で休憩しているうちに時計の針が六時を回った。彼は荷物を持って立ち上がり、待合室を出た。振り返ると、桟橋に横付けされた橘丸の大きな船体が見えた。その鋼鉄の船腹が濃い緑色であるのを、彼はそのとき初めて知った。

二　三好館

順平は元町港の建物を出て海沿いの砂利道を進んだ。道は大きく左にカーブしながら上り坂になっている。道の右側一面に広がった海は波も立たず、空も海も灰色で不気味なほど静かだ。

左手の坂の上にはバスも通りそうな幅の広い道路が見え、それに沿うように元町の家並みが続いている。それは海風にひたすら耐え続けてきた木造の低い家並みだ。中で一際目に付く白いビルは、順平があとで聞いたところによると大島支庁舎の三階建てのビルであった。

遠く平安時代の昔、源為朝《ためとも》がこの島に流されたというのはよく知られた話であり、伊豆大島は流人《るにん》の島としても有名だ。それを思うにつけても、目の前に連なるくすんだ色の低い街並みは、順平をわびしい気分に誘った。

ふと見ると、目の前に和風の造りの真新しい二階屋があり、「海の御料理　浜見屋」と黒々と記した看板が港の方に向かって掲げられていた。入り口の格子戸もがっしりとした贅沢な造りのようで、何だか島に似合わないほど立派な構えの店だと思いながら、順平はその黒瓦の波打つ二層の屋根を眺めた。

順平の目指す下宿は三好館《みよし》といって、昔は小さな旅館であったらしいが、主人が死んで後は下宿屋になったのだという。

まだ三月のうちに順平は、着任する高校の事務長を通じて三好館を紹介され、すぐに電話で連絡を取った。電話口に出た三好館のおかみさんは、順平の借りる部屋が明るい離れの六畳間であることを告げ、港から三好館までの道順を教えた。そして船が着いたら早く来なさいと言った。そのおかみさんの声がいかにもやさしげであったことを、順平は思い出した。

三好館は、海沿いの道を行って坂を上り切ったところの右側で、海に臨んだ崖の上にあった。確かに昔は旅館だったのだろうと思わせるような造りの二階建てだが、入り口の引き戸は建て付けが悪く白壁もはげ落ちかかったままという、すっかり古びた建物だった。

順平が玄関のたたきに立つと、おかみさんがにこにこと迎えに出て来た。東京から電話したときに順平が想像した通りの穏やかな丸顔で、笑いじわが幾重にも刻まれている。昔ながらのもんぺ姿がよく似合い、順平も幼いころ目にした母親の姿として覚えがあった。

「朝早いお着きで、とてもお疲れでしょう。さあ、入って休んでくださいな」

客慣れした感じの、もの柔らかな声だった。

通されたところは玄関を入った脇にある土間で、その奥に厨房がある。土間の真ん中に長方形のテーブルがあり、その両側に古びた木の長椅子が置いてあった。六人ぐらいは座れそうだ。おかみさんはここが食堂だと言い、毎日の食事や風呂のことを簡単に説明してから、順平に訊いた。

「着いたばかりのところですが、朝のご飯はどうしましょうか?」

　順平は家から持って来た握り飯を持っていた。それを言うとおかみさんは早速お茶を淹《い》れてくれた。

　間もなく部屋の方から、おかみさんによく似た丸顔の若い女が、いそいそとした様子で出て来た。日焼けしたような肌の色だが、上手に薄化粧をした感じはなかなか健康的でよい。手に黒いハンドバッグを抱えている。

「二番目の娘の勝枝《かつえ》です。電話局に勤めています」

　おかみさんが紹介し、順平を引き合わせた。勝枝はちょこんと礼をして、握り飯を頬張った順平の前に顔を突き出し、

「よろしく、斉田先生」

と言った。はきはきとした元気な声だ。いきなり先生と言われて順平は面食らった。

「あら、お握りね、お母さんの味？　先生、いかが？　お味は」

　勝枝が言ってけらけらと笑う。順平が顔を真っ赤にしていると、

「もしかして、先生と言われるのが初めてなんずら？」

　勝枝は遠慮なく彼の顔をのぞき込んだ。島の言葉丸出しで、からかう目付きを隠そうともしない。

「ああ、そうずらそうずら」

とおかみさんも笑い出した。

順平はさんざんの体《てい》だった。せっかくの握り飯もどう喉を通ったのか定かでない。

「斉田先生、もう七時過ぎだに、お母さんに電話しなくていいずらか?」

おかみさんがまじめな顔で言った。

そうだ、着いたら電話すると母に言ったのだ、と順平は思い出した。おかみさんはさすがによく気が付く。きっと着任早々の若い教員には慣れっこになっているのだろう。

順平は立ち上がって厨房を入ったところにある電話を借り、東京の家に電話をした。そして母親に、ちゃんと三好館に着いたから大丈夫だと告げ、簡単なやり取りをして電話を切った。

「まあ、素っ気ない電話ねえ」

勝枝が大きな声で言い、おかみさんと顔を見合わせて笑った。順平は顔を赤くして、おかみさんが注《つ》いだばかりの熱いお茶をがぶりと飲み、さらに顔を真っ赤にした。勝枝とおかみさんがまた笑った。

出勤する勝枝が玄関から出て行くと、入れ替わるようにしてまた一人、部屋に通じる方から若い女が姿を見せた。やはり丸顔だが、色の白いふっくらとした感じの娘である。

「下の娘の珠江《たまえ》です」

おかみさんが言うと、

「よろしく……」

珠江は透き通るようなか細い声で言い、頬を赤く染めて幼げな礼をした。姉と対照的におとなしそうな娘である。

「斉田順平です。どうぞよろしく」

前よりは気分の落ち着いた順平が自分で名を言うと、おかみさんは満足そうな顔をして、

「この子は浜見屋というお店で手伝いをしているんですよ、先生」

「浜見屋？」

思わず順平はおかみさんに聞き返した。

「ああ先生はもうご存じだね。あの家は海鮮料理の店をやってますけどね、うちの親戚なんですよ」

「そうですか。ずいぶん立派な建物ですね」

順平が言うと、

「まだ建てたばかりだもの」

と珠江は言って、まだ同じところに立ったまま照れたように彼を見つめていた。

「ほら、斉田先生に、お茶のお代わりをお注《つ》ぎして……」

おかみさんが娘を急《せ》き立てた。

珠江は顔を赤らめながら急須を持って、順平の湯飲みにお茶を注いだ。順平は妙な心持ちがして落ち着かない。その様子を見ながらおかみさんが言った。

「今度十九になりますがね、去年ミス大島に選ばれて、アンコ姿で週刊誌に載って、この子、評判になったんですよ」

「えっ、ミス大島で週刊誌に、ですか？」

順平が驚くと、おかみさんが、

「珠江、持って来て見せておあげよ」

「えっ、いやだ。いいずら、見せなくても」

珠江は口ではそう言ったが、すぐに部屋に行き週刊誌を持って来て順平の前に置いた。

見ると、その週刊誌は順平もときどき買って読む著名な週刊誌で、表紙に大写しになっているのは紛れもなくアンコ姿をした珠江の顔だった。去年の一月に発行されたのを取って置いたものらしく古びてはいるが、真っ青な空を背景にして、アンコ絣りの赤い椿の花模様も鮮やかに、空を仰いだ珠江がすがすがしく微笑んでいる。

「これはすばらしい。きれいだね」

順平は思わず感嘆して言った。

「いやだよ、先生」

珠江は真っ赤になって笑っていた。

珠江が週刊誌を持って部屋の方に去ると、おかみさんは順平の正面に回って来て立ち、急に真顔になって彼を見た。来て早々何事かと順平は思わず身構えた。おかみさんは言いにくそうな顔をした。

「実は、先生……、部屋のことだけんど、もう一人、別の先生が入るので、斉田先生の部屋は最初に話したのと違うことになったから、それをわかってもらいたいんですよ」

「ああそうですか。別にどの部屋でも構いませんが……」

順平の返事を聞いておかみさんは微笑んだ。

むしろ順平は、最初に「離れの部屋」と聞いたとき、どんな部屋に回されたのかという気がしていたので、かえって心安く思い、なぜおかみさんがそんなことで深刻そうな顔をするのか不思議だった。

「しかし部屋が変わるというのはどうしてです？」

順平は一応聞いてみた。

おかみさんの説明によると、順平同様大島高校に勤める定野という先生が三月の末に来て部屋を検分し、離れの六畳を希望した。おかみさんはその部屋は順平に約束したつもりだったから、そのことを言うと、定野は、実際に見に来て決めたのでないのなら私の方に権利があると言い張ったので、おかみさんも承知しないわけにはいかなかった。それが五日前のことで、定野はその翌日にまた福岡県の郷里に引き返して行ったという。

「定野先生は定時制勤めだから、朝は楽でいいと言ってましたよ」

おかみさんの話を聞いて順平は、自分も確か高校の定時制に勤めるはずだと思い出した。しかも、定野は順平より五つか六つぐらい年上のようだとおかみさんが言う。

大島高校の相川校長から四月三日に校長室に来るようにと言われているので、順平は明日の午前中に学校に行くつもりでいる。すべてはそれからだという気でいたのだが、定野という教師が年上の同僚ならば、部屋のことは譲るより仕方がなさそうだと順平は考えた。

とにかく部屋に案内してもらおうとして、順平は立ち上がった。するとおかみさんは自分では行かず、すぐに珠江を呼んだ。

「斉田先生をお部屋に案内してけれ」

珠江はうなずいて順平を促し、先に立って案内した。

珠江は長く伸ばした豊かな髪を無造作に頭の上で丸め、二、三本かんざしを挿して止めていた。その髪の垂れた先が白いうなじの上に下がって揺れている。「ミス大島」と聞いても順平はあまりぴんとこないが、確かに美しい娘だとは思った。彼女の後ろに付いて行くと、甘いような不思議な匂いが順平の鼻を突いて来た。

再び玄関を通ってから左に曲がると庭に面した廊下だった。庭と言っても見るべきものは何もない。庭は崖の縁に突き出た位置にあって、その向こうは灰色の海がすぐそこに迫っている。

十二畳の広間があってその隣が順平にあてがわれた六畳の部屋であった。障子を開けて見ると、奥に押し入れと違い棚の付いた小さな床の間のようなものがあった。だが庭からの光が廊下を隔ててわずかに差し込むだけなので、まるで薄闇に覆われた部屋のようであった。順平は障子に手をかけたまま、呆然として立った。

「ほら、あれが斉田先生の荷物よ」

と珠江が彼の耳元でささやいた。先に送っておいた布団包みや箱詰めの荷物が、押し入れの前に寄せて置いてある。

「ちょっと暗いかもしれないけど、先生我慢して。これでも結構落ち着いた、いいお部屋なのよ」

珠江はそう言って、にこっと笑った。あどけないと言いたくなるような、丸くて可愛い顔である。形のよい唇がほどよい赤さに彩られ、微かに化粧の匂いがした。

だが順平は憮然としたまま、わずかにうなずいて見せただけである。

離れの部屋というのは、廊下を隔てて彼の部屋のすぐ前に入り口があった。ついでにその部屋も見せてくれと順平が言うと、珠江は気軽に入り口の開き戸を開けた。中に入ってみると、庭に面して二方に窓があり、外からも出入りできる鍵の付いた扉が設けられていた。上等な造りとは言えないが、明るくて住み心地がよさそうな部屋に見えた。順平は悔しい思いに駆られたがもう遅いのだった。

「ここは定野という先生に決まっちゃったの。あそこに荷物が置いてあるわ」

珠江が言うので見ると、部屋の隅に黒っぽい色の小さなリュックが一つ置いてあった。いかにも、ここは俺の部屋だと順平に向かって主張しているようだった。

「この廊下の奥が先生たちの使うお便所。そのこちらにあるもう一つのお部屋は小村先生。小学校の先生よ」

珠江は屈託なく彼に教えた。

順平は自分の部屋に戻って、真ん中にあぐらをかいて座ってみた。珠江は障子に手をかけて立ち、彼の様子を見てくすりと笑った。しかし彼が妙にしょんぼりした様子で何も言わないので、さすがにいくらか気の毒そうな顔になり、

「ここは波の音もうるさくないからいいのよ、先生……。じゃあ、また何かあったらあとで言ってね」

などと言い、障子を閉めて行ってしまった。

三方がふさがれた部屋だから、障子を閉めるとなおさら暗くなる。離れの存在が邪魔をして、庭からの光を半分以下にしているのだ。これでは昼間でも電気を点《つ》けなければ本も読めない。順平は情けなくなってきて、仰向けに引っ繰り返って天井を見た。

天井は思いのほか木目のきれいな板が使われていた。小さな床の間もあり、和室の造り

としては確かにあの離れの部屋よりもいいに違いなかった。それにしても、何であんな廊下の先へ部屋を付け足したのかと思い、順平の不満はなかなか収まらなかった。

昼になって、順平は食堂でおかみさんの作った親子丼を食べた。なかなかのできだったので順平は思わずその味を褒めた。するとおかみさんはうれしそうにして、順平の母親の料理のことなどいろいろ訊くので彼は答えるのが面倒になって困った。

午後、順平はおかみさんに教えてもらった本屋に行ってみた。その本屋は大島支庁の近くにあって文房具の類も並べた小さな店であったが、本屋と言えばそこ一軒しかないのだった。彼はその店で雑誌を取り寄せる予約をした。

それから彼は山の方に向かって歩いてみた。海を背にして細い道を上って行くと、家並みはじきに途切れて雑木林になり、道はいっそう狭まって両側のあちこちに小さな畑が見えた。やがてその道も草の生い茂る荒れ地の中に消え入るかと思ったとき、前方に悠然と聳える三原山の眺めがあった。山の頂には真綿のような薄い白雲がかかっていて、茶色の山肌が春の柔らかな日射しを浴びて緩やかに伸び広がっていた。

一時間近く歩き回ってから、順平は三好館に戻ろうとして、ふと汽笛の音を聞いた。それはいかにも大海原に吸い込まれて行くような、のんびりと尾を引く音だった。

眺めの開けたところに出て港の方に目をやると、小型の客船が白い煙を吐き、今しも元町港の桟橋に横付けしようとしていた。伊東か熱海から来た船に違いない。彼は少し回り道をして港に寄ってみることにした。

港の前の広場には、船を降りた客を迎えようといくつもの露店が出ていた。

島独特のアンコ姿をした女たちがそれぞれの店の前に立って、改札を通って出て来る客たちを明るい声で呼んでいる。彼女たちは一様に赤い椿の花を染め抜いた布を頭に巻き、紺絣《こんがすり》の筒袖を着て紺のモンペに白っぽい柄の長い前掛けを着けていた。

その後方に、「東京オリンピック大歓迎」と大書された横断幕が掲げられていた。だが素朴な造りの露店と質素なアンコ姿に彩られた眺めの背後で、その白地の大きな幕は何だか場違いなもののように浮いて見えた。

順平は引かれるように露店の並んだ辺りに近付いて行った。

すると、アンコ姿の女たちの中で不意に彼の方を見た白い顔があった。それが珠江であった。頭に被った布の赤い椿の花が、一際鮮やかに見えた。

「いらっしゃいませ。大島へようこそ。どうぞお立ち寄りくださいませ」

彼女の客を呼ぶ声は細く、何人もいるアンコ姿の中でその声を聞き分けるのは難しかったが、その笑顔は溢れるほどの愛嬌を見せて輝いていた。

「珠江さんがアンコさんになって港に出ていましたよ」

三好館に戻って順平が言うと、

「そうずら、今日は頼まれたと言ってたから……。いつもいろいろ頼まれてねえ」

おかみさんはうれしそうに言った。何しろ一年前とは言え「ミス大島」として有名週刊誌の表紙を飾ったのだから、珠江はこの島のスターとして重宝がられているのに違いない。

「オリンピック歓迎の大きな幕がかかっていたので驚きました」

順平が言うと、おかみさんはそれほど関心なさそうで、

「オリンピックの選手が大島高校で練習をしに来るそうで、それでお客さんも増えるからと言って、皆一生懸命なんですよ」

と、人ごとのようにあっさり言った。

そう言えば順平も以前新聞で、温暖な気候の大島がオリンピックのための冬の練習場として、候補地になるという記事を見た記憶があった。だが確かに、下宿専門の三好館にはあまり関係なさそうだと順平も思った。

夕食のときに順平は、食堂で小学校の教員をしているという小村に引き合わされた。背は低く痩せ形の体付きで、顔の割に目と鼻と口が大きいというのが順平の印象であった。

小村は山伏のような黒い髪を無造作に掻き上げて、

「名は竜三郎で、三十七という歳でいまだに独身です」

と自分で言った。あまり大真面目な顔をして言うので、順平は笑い声が喉に引っかかったような気分だった。

小村はほとんど会話もせずに黙々と飯を口に運び、終わると湯飲みを持ってさっさと自分の部屋に去った。

「あの人、変わった人なんですよ」

おかみさんは順平に向かって肩をすくめて見せた。

三　不満居士

翌日、十時頃を見計らって、順平は大島高校に出向いた。電話で事務長に教えられた通り、元町港の前からブルーに塗った「東方バス」に乗り、五分ほどで高校の正門前に着いた。

バス通りに面した校門はなかなか立派な構えで、ソテツやヤシなどが植えられて亜熱帯の雰囲気を感じさせる。コンクリートで固められた幅の広い通路を行くと、前方の一段低くなったところに大きなグラウンドが見えた。アンツーカーのトラックの白い曲線が何本もくっきりと描かれている。このグラウンドがオリンピックの練習に使われるのだろう。グラウンドの向こうはなだらかな勾配で原野の風景が続き、その先に広大な海原が見渡せる。順平はそれらの光景に思わず目を奪われ、しばし立ち止まって眺めた。

通路の右手に小さな運動場があり、左手の方にはいくつかの建物の向こうに農場があるようだ。運動場に沿うようにして通路を右に曲がって行くと、木造校舎の正面玄関に至った。

順平が事務室の窓口で来意を告げると、すぐに校長室に案内された。同じ木造一階でも校長室はさすがにきれいな内装を施してある。

校長の相川正造は大きな机に両手を置いて立ち上がり、順平を迎えて言った。

「斉田先生には、本校の定時制教諭として働いてもらいます。よろしいですね」

目のギョロリとした大きな赤ら顔で、額や両の頬がてかてかと輝いていたのが順平にはひどく印象的だった。東京の家からかけた電話で声を聞いたときには、太っ腹で情味もありそうな校長という感じだったが、実際に会ってみると横柄な感じでにこりともせず、順平には何を考えているのかわからない人物に見えた。

相川校長は、学校の概要や教員の心構えのようなことをいくつか、型通りといった感じで話してから、こう言った。

「定時制の教頭は間島という人です。あんたのことは私から伝えておくから、次に学校に来たとき、教頭に挨拶するように」

次に学校に来たときとはいつのことかもわからず、順平が問うと、相川はようやく口元に笑みを浮かべ、あさって最初の会議があるからその日でよいだろうと言った。

最後に相川校長が、本校に初めて来た印象はどうかと言うので、順平は、古ぼけた木造校舎のことは言わずにこう答えた。

「まず校門の立派なのに感心しました。次に敷地がとても広くて、大きなグラウンドがあるのを見て驚きました」

相川の顔が満足そうに緩んだようだった。

「あのグラウンドはオリンピック選手の練習場にもなるので、公式競技場としても使えるように都に造ってもらったんですがね……」

相川はさりげない言い方をして、順平に向かって悠然と微笑んで見せた。校長はあんな大きなグラウンドを造る力もあるのか、と順平は素直に感心した。

校長室を出た順平は、帰ろうとして再び校門のところに出て来た。バス停には人影がなく、風の音があるばかりで辺りは静かだ。

バス停に貼り付けられた時刻表を見るとバスは一時間に二本ぐらいで、しばらく来そうにない。順平はバスを待つのをやめて、帰りは右手の彼方に広がる海を眺めながら歩いてみることにした。徒歩なら二十分余りで元町港まで来られると聞いていた。

日は薄い雲に遮られてぼんやりして見え、海から吹き渡って来る風は湿り気を帯びて暖かい。薄青く見える海原は遠くで白波立っている。沖の方は波が高く海は荒れているのかもしれない。

いよいよこの島の高校で教員として勤務することになったという思いが、順平の胸にいっぱいになった。夜間の学校で働くということ自体に特別不満はないが、望み通り教員になった喜びとともに勇んで大島にやって来たつもりが、今は妙に不安の方が大きくなっていた。

相川校長の話では、定時制には農業科が置かれ、一学年十人前後で、貧しい子が多いという。昼間の全日制の方には普通科と農業科があって四百人ぐらいの生徒が通ってくるそうだが、四学年ある定時制の方は、全体でも五十人かそこらの小さな学校だ。この島の生徒がどんな事情を抱えて農業科の定時制高校に通って来るのか、順平にはまだよくわからなかった。

道は島内の幹線道路でもあり、一応アスファルトになっているが幅が狭く、端の方が砕けて砂利道のようになっている。人通りもなく、先ほどから軽自動車が何台か通って行っただけだ。雑木林の合間に畑があったが、いかにも痩せた土地という感じだ。島の産業と言えば観光関係が主体で、農業や漁業はかなり零細なものだろう。

道が下りになって左にカーブしたところで、遥か前方に元町港の建物が見えた。桟橋が見えないかと思って道路の中程に寄って行ったとき、不意に順平の背後で激しく警笛が鳴った。驚いて端に身を避けると、大型のバスが急停車し、運転手が顔を出して怒鳴った。

「危ないから気を付けてっ」

その赤銅色の太い腕の上で見開いた大きな目玉に、順平は射すくめられるようだった。

辺りに誰も人はいなかったが、恥じ入るような気分になって順平は走り去るバスを見送った。車体の下半分を濃い緑色に塗ったバスには、赤い文字で「伊豆鉄道バス」とあった。この島を走っているのはブルーに塗った「東方バス」ばかりと思っていたが、別の会社のバスも入っているのだと知った。

翌日の朝、順平が食堂に出て行くと、初めて見る男がいておかみさんと話していた。それが順平よりは年長の定野で、彼は朝の船で着いてから自分の部屋で一眠りし、朝飯に出て来たところだった。

おかみさんは早速、もの慣れた調子で二人を引き合わせた。順平はいささか緊張したが、ともかく自分の方から名乗って出た。

「斉田順平と申します。どうぞよろしくお願いします」

「お初にお目にかかります。定野光博と言います。大島高校では同僚ということになりますな。よろしく願います」

定野は快活に言った。眼鏡のレンズの中で両の目をいっぱいに開いて順平を見ている。頭はさっぱりとした感じのスポーツ刈りで、色の白い面長な顔に黒い縁の丸い眼鏡をかけていた。

順平は思わず曖昧な笑いを浮かべて礼を返した。胸の中には、定野に部屋を取られたという意識が、やはりどうしても浮かび出て来る。定野の方でも、愛想よく自己紹介しながらも相手の顔色を窺っている様子であった。

何となく気まずい空気が流れそうだった。

おかみさんがすぐに口を入れて来た。

「まあ、いいらいいいら。斉田先生もお若いんだから、これから定野先生のお世話になることもあるでしょう。よろしくな、定野先生」

「いいですよ、わかってます。とにかく斉田さんも座って、一緒に朝飯食いましょうや」

定野に促されると、順平も気を取り直して長椅子に腰を下ろした。

「もう、教頭には会いましたか？」

おかみさんの給仕でようやく順平が箸を持つと、定野が訊いた。

「いいえ、昨日行って校長に会っただけです。明日、教頭の間島先生にお会いします」

順平の答えるのを聞いて、定野は眼鏡の中の目を丸くした。

「実はこの前学校に行ったときに、斉田先生のことは教頭からちょっと聞きましたが……。ところで、明日会議の前に教頭に会うというのは、どうかな……」

定野は頭を抱えて考え込み、

「どうです、今日の午後、僕も学校に行きますから、一緒に行ってみませんか？」

定野の説明によると、明日は最初の職員会議だから、その日に教頭に初対面の挨拶というのはまずい。あの間島という教頭は相川校長と同い年で、いささか校長に対抗心を持っているようだからなおさらだ。早めに最初の挨拶をしておいた方が無難だと言うのである。

校長から言われた通りにしておけばよいと思っていた順平は、そんなふうに気を回すことなど思いも寄らなかった。

「ほーら、やっぱり定野先生の方がよくわかっているんだわ。斉田先生、そうなさい。その方がいいいずらよ」

おかみさんはすっかり喜んで言う。

「教頭は直接の上司だから、早く会っておくに越したことはないですよ」

定野も勝ち誇ったような顔で言う。

順平は少々不満もあったが、直接の上司という言葉が妙に重く響き、ここは定野の言う通りにした方がいいかもしれないと思った。

昼飯に食堂へ行くと、今日は赤い蒲鉾やワカメの載ったおかめうどんが出た。定野がしきりにその味を褒め、順平も相づちを打った。おかみさんは二人の様子を眺めながら、昔旅館をやっていたころからずっと厨房で食事を作って来た、とその来歴を語った。

昼飯を済ませると、順平は定野と一緒に学校に出向いた。

まだ春休み中で、生徒の姿の見えない学校は閑散としていた。定時制の職員室は普通教室をそのまま転用したような部屋だ。校門を入って右手にあるあの小さな運動場が窓の外に見えた。

順平が定野の後ろから入って行くと、黒板を背に部屋を見渡す位置で机に向かっていた白髪交じりの小柄な男が、顔を上げてこちらを見た。それが教頭の間島泰吉であった。

「おや定野先生、今朝の船でしたか?」

間島はにこやかに迎え、すぐに順平を見た。

順平が名乗って「よろしくお願いします」と初対面の挨拶をすると、

「ほほう……」

間島が細い目を光らせて順平を見つめた。

「いつ、島へ来ましたか?」

「昨日の朝着いた船です。それで、十時に校長先生にお会いすることになっていましたので……」

「十時にねえ……。私は定時制の教頭ですから、昨日も午後には学校へ出て来てましたがね」

間島は不満そうに口を尖らせた。順平は冷や汗の出る思いだった。

見かねたらしく定野が、

「間島先生、斉田先生は新卒の先生ですから、お手柔らかに……。教えてやらなきゃ、わからないんですよ、きっと……」

向こう側の席でつぶやくように言った。

「ちょっ」

間島が大きな声を出して舌打ちした。

順平はそのあけすけな態度に驚いた。定野も驚いたらしく顔を上げて気の毒そうに順平を見た。

「そうですか。ま、いいでしょう」

と間島は妙にあっさり言って、やおら順平に向き直った。

「先生は国語をお持ちですから、日本史も持ってもらうことになります」

「えっ……」

順平はどういう意味かわからなかった。

だが、そう言えば相川校長に会ったとき、定時制は生徒も少ないので他の教科を受け持ってもらうこともある、そういう意味のことを言われたと思い出した。

「国語科なら日本の文化もご研究でしょ？　科目の免許状はなくてもいいんです」

その理屈で、英語の先生は世界史を持つのだと言う。理科や家庭科の先生には農業科目も持ってもらう。ただし数学と体育は授業時間数が少ないので、全日制の先生を講師に頼むことになっている、などと間島は当然のことのようにすらすらと言った。

順平が呆気に取られたような顔をしているのを見ると、

「何、ここの生徒は元々力がありませんからね、授業さえやってやれば、何も、文句は言いません。だから斉田先生、心配しなくていいんですよ」

「何も」と言うところを「なーんも」と繰り返し言って強調し、間島は皮肉な笑い方をしてから、

「そこの二番目が斉田先生の席ですから、その机をお使いください。それから、斉田先生は二年生の担任になりますから、出席簿を確認しておいてください」

順平は仕方なく、ともかく指定された席に行ってみた。

机はスチール製の割合新しい事務机のようだが、よく見ると、使い古しの小さな本立てに立ててあるのは国語と日本史の教科書なのだった。机の引き出しには使いかけの文具類が入っているだけだ。

それから順平は机の端に置いてある小型の出席簿に気が付いた。そう言えばたった今、彼は二年生の担任になると言われたのだ。

隣の机はと見ると、書類やらノートやらが雑然と積まれていて、椅子はきちんと机の下に押し込まれている。以前からいる教師の席らしく、本立てには英語の教科書と世界史の教科書が並んでいた。

順平は取りあえず椅子にかけてみたが、特別することも思い付かない。

そのとき、先ほどから部屋の向こうにいて何やらごそごそと片付けものでもしていたらしい男が、順平の席にやって来た。五十年輩の腰の低そうな男で、茶色の縁の丸い眼鏡をかけている。

「事務室の岩松です。斉田先生ですか、よろしく……。何か必要なものがあったら何でも言ってください。用意しますから」

岩松は人の好さそうな笑いを浮かべて、順平に向かって軽く頭を下げた。そして間島のそばを通ってさっさと部屋を出て行った。

「あの岩松さんは用務員なんです。斉田先生、おわかりですか？」

不意に顔を上げて間島が言った。今度は妙ににこにこして順平を見ている。順平は何もわからないから、ただきょとんとして間島の次の言葉を待つだけだ。

「岩松さんには定時制関係の事務を手伝ってもらっているので、事務室にいるというわけなんです」

そう言って間島はまた皮肉な表情を浮かべた。

「用務員は事務員とは身分が違いますがね、あの人は本校の主《ぬし》みたいな人ですから、何でもよく知ってます。この学校のことでも、島のことでもね……。だから斉田先生、何でも言い付けてかまいませんよ、岩松さんに、なーんでも……」

最後の方はいささか投げやりのような言い方をした。そしてまた、

「ちょっ」

間島は口を尖らせて叫び、机に向かい直した。この妙な舌打ちが間島の癖らしい。

順平はなんだか馬鹿にされているようで、少し不愉快になった。

西の夕日を背後に見て海風に吹かれながら歩いて帰る道で、定野が順平にこう言った。

「あの教頭は不満居士みたいなところがあるけど、悪い人じゃなさそうですよ。斉田さんは初めての職場だから、慣れないうちはあまり居心地が好くないかもしれないが、僕も新入りの部類ですから、まあ、仲良くやりましょうや」

不満居士か、なるほど、と順平は思わず笑みが漏れた。

ともかく今日は定野がいたおかげで間島教頭の不機嫌も何とか収まり、当面助かったらしい、と順平もようやく気が付いて、少し余裕を取り戻す気分だった。

四　夜間学校

翌日も午後になると、順平は定野と一緒に学校に出かけた。

朝少し遅く起きてきたせいか、今日はまだ珠江の姿を見ていない。姉の勝枝もいないようだし、二人ともそれぞれの仕事に出たあとなのだろう。夜間学校の勤めに慣れてしまえば、こんな風に毎日他の人たちとずれた生活になるのかもしれない。そう思うと順平はちょっと寂しい気がした。

その日は、大島高校定時制の最初の職員会議の日であった。つまり、新しい年度の仕事の始まりである。順平は初めての職場であるから緊張して席に着いていた。

最初に、新任の定野と順平のために簡単な自己紹介がなされた。

順平の右隣の席に座ったのは、黒尾欣三という三十三歳の英語教師であった。色の白い顔に縁なしの眼鏡をかけた、むっつりした感じの男である。順平の左隣は講師の席だそうで、普段はほとんど空席のままらしい。

窓側の端の席にもう一人、黒尾という家庭科を受け持つ慎ましやかな女教師がいて、自己紹介のときに妙にあっさりした態度に見えたので、順平が不思議に思っていると、

「あれは僕の女房なんですよ」

黒尾が隣でささやいて照れ笑いをし、鼻の上に手をやって何度も眼鏡の位置を直した。笑うといかにも人の好さそうな表情になる。

窓側の真ん中の席、つまり定野と黒尾夫人の間で順平と向かい合う席には、芦田清太郎

という理科の教師が座っていた。歳は順平より二つぐらい上らしい。日に焼けた丸顔で、よく通る甲高い声でものを言う陽気な男である。

教頭を含めてもたった六人の教員で、これに事務室の岩松を加えた都合七人が定時制の常勤スタッフということになる。

一通りの紹介が済むと、間島教頭が改まった顔をして言った。

「それでは校務分掌を発表します。まず、教務主任を定野先生にお願いします。あとは、進路指導主任を黒尾先生、生活指導主任を芦田先生、保険主任を黒尾昌子先生、それから斉田先生は庶務主任ということで……」

とたんに順平の隣で、黒尾が吹き出しそうになって言った。

「また大げさな……。部下もいないのに主任ですか」

それが聞こえたらしく、間島がやや気色ばんだ顔になった。

「これは正式の名称です。校長にそのように届けますので、皆さんよろしく……」

すると向こうの席で定野が早口で言った。

「教頭先生、教務のことは今まで通り黒尾先生に、是非続けてもらってください。僕は農業科目が専門ですから、農場主任をやるようにと言われていますし……」

定野は、年上である黒尾にへそを曲げられては困ると思ったのだ。

するると黒尾が立ち上がった。

「教頭のお考えで決めることですから、定野先生、是非お願いします。僕はもう三年も教務をやって飽きてしまいました」

窓側の席で笑い声が起こった。間島教頭がだんだん不機嫌になり、結局定野が折れる形になった。

順平は与えられた庶務主任という仕事がよくわからず、会議が済むとすぐに間島教頭のところへ聞きに行った。間島は笑いをこらえるような顔をしてこう言った。

「庶務というのは、要するに何でもやるんですよ、斉田先生。そう思っていろいろやって、学校の仕事を覚えてください」

順平が浮かぬ顔をして席に戻って来ると、黒尾が言った。

「教頭のあんな言い方は、かえって不親切ですよ。大体、学校の仕事と言っても、こんな学校じゃ大したことは覚えられないよ」

黒尾の声が教頭にも聞こえるのではないかと順平は冷や冷やしたが、黒尾は平気な顔をして笑っている。

「まあ、あまり気にせず、何か言われたらそれをやることにして、しばらくは授業をやることに集中して……。と言っても、ここの生徒に、あまり難しい授業は駄目ですけどね」

聞いているうちに順平は、何となくがっかりした気分になって黙ってしまった。

「ちょっ」

また間島の舌打ちが聞こえた。

やがて夕刻になると、職員室の真ん中に置かれた長机の上に、いつの間にか数本のビールと人数分のコップが運ばれてあった。

「さあ、最初の日ですから顔合わせ程度にちょっとやりましょう」

間島がにこにこ顔で言い、岩松を含めた七人が長机を囲んで立つと、間島は自ら乾杯の音頭を取った。

「さあ、今年度一年間の始まりです。定時制はこれだけの仲間ですから、協力してやっていきましょう。では健康を祝して、乾杯っ」

一同一斉にビールのコップを傾け、一息ついたところでまた間島が言った。

「このビールは先ほど岩松さんに用意してもらいましたが、実は校長の差し入れなんです。校長は定時制の歓迎会に出ませんので、皆さんによろしくとおっしゃっていました」

　すると定野が言った。

「相川校長が我々の歓迎会に出席されないというのは、何か所用あってのことですか？」

　間島はちょっと気まずそうな表情を見せて、

「いや、あの校長はいつもそうです。定時制のことは、教頭の私に任せたつもりになっているんでしょう。まあ、朝からの仕事でお疲れということもあるんでしょうがね」

　弁解するように言うと、

「そうでしょうね。いいじゃないですか、それで……。その方が気楽でいいですよ」

　黒尾が珍しく間島の言葉に合わせた。

　間島教頭から歓迎会の幹事を言い付けられたという芦田が、すかさず言った。

「歓迎会は来週の日曜日で、すでに椿山《つばきやま》ホテルに予約済みです。定時制ＰＴＡの白木会長のご厚意もあって、盛大に行ないますので、どうかお楽しみに……」

　すると岩松が、

「今年の歓迎会は、椿山ホテルでやるなんてすごいですね。私はまだあのホテルに入ったこともないです」

　目を丸くして言った。間島が満足げな顔をして笑っていた。

元町港行きの定期バスの最終便が学校前のバス停を通るのは七時少し過ぎだというので、顔合わせの会はじきにお開きになった。間島教頭と黒尾夫妻がバス停に向かって去るのを見送ると、定野、芦田、順平の三人はビールの残りを片付けて、岩松の軽自動車ライトバンで送ってもらうことになった。芦田も色違いのライトバンを持っているが、酒を飲む機会があるときには乗って来ない。

岩松の運転で四人の乗ったライトバンが校門を出るとき、定野が岩松の後ろで言った。

「岩松さん、悪いですね。我々だけビールを飲んで、車の運転させちゃって……」

「いやご心配なく。飲むなというのが親父の遺言で……」

岩松は冗談めかして言った。もともと酒が好きではないのだ。

そのうちに芦田が磯釣りの話をし始めた。

「朝、日の出前ごろに浜に行って蟹を捕るんです。そいつを餌にして釣るんですがね、石《いし》鯛《だい》はそう簡単には釣れません。石鯛によく似た石垣鯛《いしがきだい》も釣れますが、大体は舞鯛《ぶだい》です。舞鯛はその名の通り、青い海から上がって来るときはきれいです。ちょっと臭みはあるけど、水炊きにすれば結構うまいんですよ。刺身もまあまあです。舞鯛は一年中割合よく釣れます。釣りの仕掛けも簡単なんです」

釣り道具や釣り場のことまで、芦田の話は尽きることがない。話半ばで港の近くに来たので、とうとう定野が言った。

「一度、是非我々をその釣り場へ連れて行ってくださいよ」

「是非行きましょう。一度なんて言わずに」

芦田が我が意を得たりと意気込んで言った。


明くる日、定時制の生徒が登校する最初の日がやって来た。

教務主任になった定野は、学校まで行く間も何事か仕事の段取りを考えている様子で、バスを降りて校門の内側に入ると、

「入学式と始業式を一緒にやるのはいいとしても、校長が出て来ないなんてことがあるのかね、斉田さん」

定野の言う意味がよくわからず順平が黙っていると、定野はなおもぶつぶつと文句を言っている。

「福岡とこっちとでは違うかもしれないし、教頭がそれでいいって言うなら、いいことにするしかないか……」

定野は大学を出てから八年間、福岡県の高校で教員をしていたのだが、東京の、それも離島の学校にやって来たので、昨日もしきりとカルチャーショックだなどと冗談を言っていた。いかに辺地の小さな定時制高校とは言え、初めて学校の実務を進める責任を持たされた定野が、かなり神経を遣っているのは順平にもわかる。校長や教頭の平然とした態度に、一人で気を揉んでいるのであった。

その日は五時半になると、普通教室より広い音楽室に生徒全員が集められ、入学式と始業式が行なわれた。新入生は十四人いて、各学年一列に並ぶと四列縦隊で、一年生が最も多いクラスであることがわかる。その新一年生担任となる芦田が、

「このうち何人が四年生までいって、卒業してくれるかが問題だ」

と順平の横で嘆いて見せた。

間島教頭が生徒たちの前に立って、

「新一年生を迎えて、今日からまた新しい学年の一学期が始まります。皆仲良く、しっかり勉強もするように、頑張りましょう」

と言い、すぐに各学年の担任を紹介して終了となった。ものの十五分も経ってはいない。

それぞれの教室に戻って行く生徒を見送って、順平が呆気に取られたような気分で行きかけると、

「これじゃ式なんてものじゃない、校長も来ないいんだしね……」

誰に言うともなく定野の嘆く声が聞こえた。

「いいですよ、これで……。入学式とか始業式とか言って、殊更構えてやらなくたっていいんですよ」

と言ったのは黒尾だった。

順平は、間島教頭と黒尾がときどき、申し合わせてあったように一致するのが不思議だった。そのことを定野に言うと、

「黒尾さんは、去年までずっと教務担当で教頭と一緒にやってきたんだからね、まあ、しょうがないでしょ」

定野はそう言って笑うのだが、何がしょうがないのだろう、と順平はかえって疑念を持つのだった。

式のあとで順平が担任となった二年生の教室に入って行くと、七人の生徒があちこちに座ってひっそりとしている。男三人に女四人で、一年生のとき十人だったのがすでに三人

やめたそうで、四学年の中でもっとも人数が少ない。

蛍光灯の点いた薄暗い教室で押し黙った生徒たちを前にして、順平は変に緊張した。自己紹介のつもりで大島の印象など話して、まだわからないことが多いから皆もよろしく、と言って一区切り付けると、生徒たちがもそもそし出して、

「先生、明日は何を持って来ればいい？」

「給食はいつから？」

「時間割はまだ発表しない？」

と口々に言い出した。

順平は、定時制が行なっている給食のことは聞いていたから答えられたが、時間割のことは気が付かなかった。給食は一時間目の後に行なわれ、パンに総菜が一品という簡単なものだが、夜の生徒たちにとってそれがいつから始まるかは重要なことなのだ。

そのとき廊下を走って来る音がして定野が慌てた様子で顔を出し、

「これを生徒に発表してください」

と言って順平に一枚の紙を渡した。見ると、それが明日からの授業時間割であった。

順平がチョークで黒板に大きな表を書き、時間割を書き写すと、

「先生の字は読みやすいからいいだよ」

と前の席にいた男生徒が言ったので、順平は何だかほっとした。

定時制の終業は夜の九時である。帰りは東方バスからのチャーター便で元町港までのスクールバスがあり、ほとんどの生徒と教員がそれに乗って帰ることになる。芦田の乗る黄色いライトバンがバスと前後して校門を出、最後に岩松が事務室の電気を消して去れば、学校は誰もいなくなってすっかり闇の中に沈むのである。

その日順平は初めて、そういう夜間学校の一日の終わりを経験した。バスから見た島の夜の真っ暗闇が何だか不気味だった。

次の日から授業開始となった。いかに小さな定時制高校とは言え、新米の順平は緊張して、職員室の席に座ってノートを前に置いたまま、授業の最初にどんな話をするか考え込んだ。隣に目をやると、黒尾は生あくびをしながら何かの雑誌を読んでいた。

やがて五時半になり、一時間目のベルが鳴った。

順平の最初の授業は学級担任もすることになった二年生のクラスだ。生徒は七人しかいないから、順平は前日顔を合わせたとき、もう名前が頭に入っている。そこで今日は、自分の生い立ちや家族のことも交えて、生徒が興味を感じそうなことを話してみた。そんな話をして関心を引き、授業の心構えの話に持っていこうとしたのだ。しかし案に相違して生徒の反応はゼロに近く、のみならず、蛍光灯の薄い光の中でますます押し黙って硬くなったように見えた。

順平は少しがっかりして職員室に戻って来た。隣の黒尾に授業でのことを話すと、黒尾は気の毒そうな顔をして、

「初めからそう思い通りに持っていこうとしても無理でしょう。島の子たちと我々では、まるで世界が違うんですよ」

と言う。世界が違うとは、と順平が怪訝《けげん》な顔をすると、

「それより、彼らのことをいろいろ聞き出して、何でも聞いてやるようにする方がいいです。教えることは少しずつでいいんですよ」

黒尾が何気なく言ったその言葉が、その後も長く順平の心に残ることになった。人を教育するということの基本を、初めて教えられたのかもしれなかった。

その日は続いてさらに二つのクラスに出た。

一年生のクラスに行くと、いつまでも教室内が落ち着かない。生徒十四人のうち十人が男子で、どれもこれもきかん気な顔をして勝手なことをしている。順平は手に負えない感

じがして困惑した。

順平が職員室に戻って来ると、芦田が待ち構えたように席を立ち、

「どうです、まだ授業にならないんじゃありませんか？　中学出たてのガキどもですから、大変でしょうけどよろしくお願いします」

と順平に向かって頭を下げた。

「はい、何とか、頑張ってみますので、こちらこそよろしく……」

順平が思わず腰を折って礼を返すと、芦田が愉快そうに笑った。

その笑い声を聞いているうちに、不思議と順平も何とかなるだろうという気がしてくるのだった。

四年生のクラスは担任の黒尾の説明によると、十二人いる生徒のうち半数が仕事や家庭あるいは病弱などの理由を抱えていて、いつも欠席者が非常に多いのだという。

順平が教室に行ってみると、出席者は九人で、どの生徒も端の方に座っていて教室の真ん中がすっかり空いている。何を言っても反応に乏しく、順平はやりにくくて困った。

中で一人、窓側の列の後ろに座っていて、背筋を伸ばした姿勢を崩さずにいつもこちらを見ている女子がいた。教科書を読ませると、学力のある生徒であることが順平にもわか

る。広沢絵美という生徒で、順平が自分の担任以外で最初に名前を覚えた生徒であった。

あとで黒尾にその生徒が印象に残ったことを言うと、

「あの子はいい子です。王医院で看護婦助手として雇われているので、何か病気したらあの子の世話にもなるかもしれませんよ」

さらに黒尾の話したところによると、元町には王医院の他には小さな診療所が一つあるだけだ。院長の王先生は台湾出身の七十歳くらいの医者で、産婦人科が専門だが、奥さんが看護婦もしていて、行けば何でも診てくれる。この元町で病院らしい設備のあるのはここ一軒しかないのだという。

「広沢はまじめな子だから、王医院でも大事にされていて、あの子も将来は看護婦になるつもりでいるんです」

黒尾の話を聞いて順平は、広沢絵美の白い顔とつぶらな瞳を余計に印象付けられたような気がした。定時制の四年生なら十九歳になるわけで、三好館の珠江と同年ということになる。

学校の仕事が終わって順平は定野と一緒にスクールバスに乗り、元町港前で降りた。そこからは順平が船で着いた日の朝歩いたのと同じ海沿いの道を行って三好館に帰る。夜の九時過ぎだから港の辺りも街灯がいくつか点いているだけで、右側に広がる暗い海の圧迫感が恐ろしいほどに感じられた。

二人でその道を歩き出したところで、順平が言った。

「明日は僕も三年生の授業があるけど、どんなクラスなのかな?」

「僕はひどいクラスを持たされたんだ。今にわかるよ、斉田さん」

三年生担任となった定野は、そう言いながらもそれほど悩むようでもない。怪訝そうな顔の順平に定野が話したところによると、「歳を食っていて尋常の扱いでは駄目そうな生徒」が二人いるのだという。

「二人とも欠席が多いから、担任は世話が焼けそうだ」

定野は学籍簿その他の記録を見てそう感じたらしい。順平は定野がそういう生徒をどうやって導くのかと興味を持った。

三好館に帰り着いて食堂に行くと、おかみさんがすぐに出て来て食事を出してくれた。

順平は夜遅い食事に慣れないせいか、何となく胃に落ち着かない感じだった。

「何だか今日は疲れたよ。斉田さんはどうだった?」

定野が言うので、順平も応じた。

「僕も疲れました。ずっと緊張していたようで……」

こんな島の小さな学校でも、やることはたくさんあるのだ。それが今日までのうちに順平の強く感じたことであった。

「もう大体の様子もわかったから、明日からはもっとゆっくり出勤しよう。教頭がそれでいいって言うから……」

定野が溜息混じりにつぶやいた。

そのとき、ガラス戸や障子が細かく震える音がした。それは深いところから起こってくる地響きとなって足下を震わせた。二人は箸を止めて顔を見合わせたまま動かなかった。

するとおかみさんが出て来て、

「山が噴いたですよ。昨日からどうもそんな感じがしたですよ」

と天を窺うような目つきをして天井の辺りを見回した。

三原山が噴火しているというのである。そう言えば学校にいるときも、順平は微かながら不思議な震動を感じたような気がする。それが噴火のためだとはまったく気付かなかった。

「噴火はよくあることなんですか?」

順平が聞くと、

「たまにあるけど、大体じきにやみますよ。でも今のはちょっと強かったで、きっと山の上が赤く見えたずらよ……」

おかみさんはそう言うと、順平を見てにっこりした。

五　歓迎会

順平の学校勤めが始まって一週間が過ぎた。何しろ教員も生徒も少数の小さな定時制だから、いかな世間知らずの順平も慣れるのにそう時間はかからない。

その日も午後の日が少し傾くころ定野と二人で出勤した。

間島教頭が事務室に用事があると言って職員室を出て行ったあと、しばらくすると、どたどたと急ぎ足で廊下をやって来る音がした。古い木造校舎だから、ちょっと勢いよく歩くと辺りをきしませて足音が響くのだ。

入り口の戸が勢いよく開くと、現われたのは芦田である。

「いやあ、どうも……。ちょっと遅くなったかな」

四時には職員室に全員集まるようにしているのに、一時間以上も遅くなっている。それでも芦田は悪びれもせず、主の見えない教頭席の後ろを通って窓側の席に回り、

「今日は磯の具合もよさそうなんで、もう待ち切れない感じで行って来ました。もう少しいれば大物がかかるかと思ったけど、そうゆっくりもしていられないですからね」

定野に向かって遠慮のないことを言い、日焼けした顔を光らせて朗らかに笑った。

「ほう、磯釣りですか。今日はどこへ？」

定野がいささか毒気を抜かれたように思わず問うと、

「トウシキの鼻と言いましてね、波浮《はぶ》の方ですが、最近はあそこ辺りがいいようで……」

芦田は、釣りをしたことがないという定野にどう話そうかと、相手の表情を見ながら口をもごもごさせた。すると黒尾夫人が言った。

「それで、何か釣れたんですの？」

「ええ、ちょっと型のいいのが取れましたから、帰るときに差し上げます」

芦田が調子よく応じた。釣り上げた魚を車の中に置いてあって、それを帰りがけに一匹渡すと言うのである。それを耳にするとこちら側で黒尾が立ち上がった。

「芦田さん、何を釣ったの？」

「石垣鯛です」

「ほう、それはすばらしい。今晩が楽しみだ」

黒尾は夫人と顔を見合わせ、満足そうに笑った。

「あとは小物でね、それでもカワハギが一枚引っかかってきたけど、これは僕が……」

芦田が独り言のように言うのを、近くにいた岩松が聞き取って、

「それ、間島先生が、あぶって食べるのが好きだと言っていた奴でしょ。教頭さんにあげると喜ばれるんじゃないですか？」

「いやあ、これは高級魚だから、ちょっともったいなくてね」

芦田が平然と言ったので皆大笑いとなった。

聞いていた順平は呆気に取られるような気分だった。和やかな雰囲気に感心もしたが、こんなやり取りが職員室で行なわれるとは想像していなかった。

その夜のことである。順平がそろそろ布団を敷いて寝ようとして机から立ち上がったとき、不意に男の素っ頓狂な大声が響いてきた。定野の部屋の方角だ。先ほどから何か物音がしていたが、何かあったのかと順平は耳を澄ませてみた。

すると定野の部屋の戸が開いて足音がした。

「斉田さん、起きてる?」

障子の向こうで定野の声がした。順平が行って障子を開けると、

「ちょっとこっちへ顔出してくれない? 生徒が来てるんだ……」

定野がちょっと困ったというような笑いを浮かべて言った。

生徒と聞いて順平は驚いた。夜中に教師の家にやって来て大声を発する生徒なんて、想像したこともない。

定野の後ろから順平が緊張した面持ちで部屋に入って行くと、

「斉田先生、三年の片田喜一です。夜遅くにどうも……」

「同じく大山剛です、すいません……」

二人の男がいきなり畏まって挨拶をした。

三年と言うが二人とも学校で見たことのない顔だ。それに、一見してかなり酒に酔っているのがわかる。片田と名乗った方は薄汚れた青いシャツを着て顔は日焼けして赤黒く、髪の毛が乱れたままである。大山の方は白いシャツの腕をまくり、頭は五分刈りで格好よいが、無精髯が伸びたままだ。二人ともいかにも中年の労務者という感じだった。

順平は挨拶を返す言葉も出ない。これが定野の心配していた二人の生徒なのか、と驚き呆れた。いかにも取って付けたような不器用な挨拶をしたところを見ると、大方定野に、正座して挨拶するように言われたのだろう。

「この二人が今日初めて学校に来て、先生のところへ話しに行きたいと言うんだ。斉田先生にも是非会いたいと言うんでね……」

定野は順平を見て頭を掻いたが、腹を立てているようではない。

順平が入り口に近いところに腰を下ろすと、定野は順平の顔色を見ながら取りなすように言った。

「二人とも仕事の関係でなかなか学校に出られないと言うんだよ」

「いや本当なんです、斉田先生。やっぱりお客さんのことでいろいろあるもんで……」

と片田が済まなそうな顔をし、初めてまともに順平を見た。順平はその目を見てなぜかどきりとした。

「お客って、何の仕事ですか?」

順平が問うと定野が答えた。

「片田君は伊豆鉄道バスの運転手で、今は椿山ホテルに来る客を専門に運んでる。歳は三十八だから僕より上なんだ」

「いや、歳はただ取ってるだけだから……」

と片田はまた右手を挙げて頭を掻いた。

その赤銅色の腕にも順平は覚えがあった。それとなく聞くと片田が説明した。椿山ホテルは伊豆鉄道の会社が建てたホテルだが、伊豆鉄道バスはこの大島に一台来ているだけで、大型で赤と緑のツートンカラーだからすぐわかるという。

順平は、初めて相川校長にあった日、バスを止めて大声で自分を注意した運転手が片田に間違いないと知って、息を呑むような思いがした。しかし片田は何も気付いていないようだ。

あとで聞いた定野の話によると、片田は妻子のある身だったが博打に凝ったために離婚させられ、運転士として心を入れ替えて出直すために大島に転勤して来たのだという。何だか島流しみたいじゃないか、と順平は呆れてものが言えなかった。

定野は順平の動揺に気付かぬ様子で、

「大山君は東方汽船に勤めていて、今年から元町港で乗客係の責任者になったそうだから、我々もときには世話になるわけですな」

そう紹介して大山の肩を叩いた。

するとと大山は、脇に置いてあった制帽を取って被って見せた。

「東方汽船の大山です。歳は二十八で独身で……」

順平は、制帽を被った大山の顔を見ているうちに、またもや思い出したことがあった。橘丸からタラップを降りているとき、荷物がはみ出ていると言って順平に大声で注意したのはこの大山ではないか。無精髯を生やして酩酊《めいてい》した様子はだらしなく見えるが、あのときに順平を睨み付けた目は確かに乗客係としての責任感に満ち、青い髯跡が威圧的でさえあった。その男が定時制の生徒だとは思いも付かなかった。

「その東方汽船の制帽は、仕事以外のときも被っているんですか？」

心の動揺を抑えて順平が問うと、

「いつも被っているわけじゃないけど、今日は定野先生のところへ来たから、これを見せようと思って……」

そう言って大山は照れたように笑った。無邪気と言いたくなるようなうれしそうな笑い顔だ。

「俺はもう、東方汽船に骨を埋める覚悟だからよ、先生」

「だから高校卒業の資格をちゃんと取ることだ。斉田先生より歳が上でも、先生は先生だから、大山、そこはちゃんとして……」

定野が言いかけると、

「わかった、わかってますよ、先生。もういいだよ」

大山が大声を上げた。

そのとき片田が、やにわに右手に摑んだ大瓶をどんと音を立てて畳の真ん中に置いた。彼の体の陰に置いてあったらしい。それは、今はやりの「サッポロジャイアント」で、ビール三本分の量が入るという、取っ手の付いたタンクのような瓶であった。順平は度肝を抜かれる思いがした。

「やっぱ飲むべいじゃ、先生。これ一本だけ飲んだら、さっと帰るからよ」

片田が大きな声で言って胡坐《あぐら》になると、大山もすぐに正座を崩し、

「そうだよ、先生、せっかく斉田先生にも会ったしよ」

定野は笑いをこらえるような顔をしたが、順平の顔を窺って、

「さっき、そんなものを持ち込んでは困ると言ったんだが……。よし、じゃあ今夜だけ特別ということにするか」

順平も仕方なくうなずいて、コップがないのに気付き、

「コップを借りて来ましょう」

と定野に言って立った。

「すみません……」

と定野は片手を上げて拝むような仕草をした。定野はこの騒ぎがおかみさんや勝枝の耳にどう聞こえているかと気にしているのだ。順平が廊下へ出ると、背後で片田と大山が歓声を上げ、それを制する定野の声がした。

片田喜一も大山剛も順平より歳が上なのには参ったが、人はよさそうだ。今夜だけは一緒にビールを飲んでもよいが、以前あの二人に睨まれたり怒鳴られたりしたことなんか、金輪際話に出さないぞ、俺だって教師が仕事なんだから、年上だろうと何だろうと、生徒であるからには学校では教師として彼らに対してやる。そう決心すると、順平は何だか少し愉快になってきた。

食堂に行ってみるとすでに電灯が消えていて真っ暗だ。順平が手探りでスイッチの場所を探ろうとしていると、厨房で物音がして明かりが点き、勝枝の顔がのぞいた。

「あら斉田先生、どうかしました？」

勝枝のたしなめるような鋭い声に、順平は慌てた。

「遅くにすみません。ちょっとコップを借りに来ました。定野先生のところにお客が来ているので……」

「そうですか……。大きな声が聞こえていたけど……」

定野と聞いて、不機嫌なはずの勝枝の声が一瞬にして緩むのがわかった。それでも言うだけのことは言っておくという様子で、

「あまり遅いと迷惑なので、気を付けてもらうようにお願いします。定野先生にも言っておいてください」

「ええ、わかりました……」

順平は勝枝の視線を背中に痛いくらいに感じながら棚を探し、ようやくコップを四つ取り出した。彼が再度勝枝に謝って急いで食堂を出ようとすると、

「はい、ご苦労様……」

機嫌を直したようなもの柔らかな勝枝の声がした。

勝枝は定野に対してかなり寛容な態度だ。そういえば定野が勝枝と二人で歓談する場面を何度か目にしたことがある、と順平の胸が騒いだ。

それにしても定時制の高校ともなれば、昼間の学校では考えられないようなことが起こる。順平もそういうことに一々驚いていていては務まらない、と肝に銘じることにした。

翌週の日曜日には、夕刻になるとかねて予定された定時制の歓迎会が催された。会場のある椿山ホテルは元町の街並みからやや山側に入ったところにある、島では比較的新しい大きなホテルだ。芦田の話では、このホテルを推奨したのはPTAの白木会長だという。

広間の真ん中に料理の載った膳を前にしてコの字形に居並んだ面々は八人で、床の間を背にして教頭とPTA会長が並び、あとは職員室と同様に向かい合って座った。順平の左隣には岩松がいた。

宴会は間島の挨拶で始まった。

「今年は本校はもちろん、この大島も大発展の年になるということで、特にここ椿山ホテルを借りまして、新しい先生方の歓迎会を盛大に催すことになりましたことは、喜ばしい限りであります」

順平の右隣の席で、黒尾が早くも聞くに堪えないというふうに俯《うつむ》いてしまった。順平もずいぶん大げさな挨拶だと思って聞いていた。

間島はそれに構わず機嫌良くしゃべり続ける。しゃべること自体が楽しいかのようだ。いわく、来年は東京オリンピックがあり、そのために大島高校も立派なグランドを持って大いに役立ち、オリンピック選手も続々と島にやって来るし、島のお客も増えること請け合い。今年の秋には大島町議会議員選挙もあり、大島のいっそうの発展が期待される。

「さらには、大島の最高学府たる本校の改築計画も俎上に載りつつある、ということでしてね、とにかく三原山も黙ってはいられないというわけで、最近しきりに噴火してますが、それはあの程度にしておいてもらって……」

間島の話は次第に漫談調になってきて、皆腹を抱えて笑い出した。黒尾もとうとう呆れ顔で笑っている。

「ところで今日はPTA会長の白木さんにも来ていただきましたので、早速一言お願いしましょうか」

間島は隣に座っている白木を促した。

「いやいや……」

白木は鷹揚に笑って見せながらゴマ塩頭を右手で撫でた。わざわざ立って挨拶した間島が腰を下ろすと、白木は座ったままで話し始めた。

「今晩は皆さん、白木為蔵です。今日は新しい先生をお二人迎えるということなので、小さな学校ですが会長ということで、PTAを代表して出席させてもらいました」

大柄な体付きにふさわしい太い声である。どちらかと言うと甲高い声の間島のあとだけに、白木の話しぶりは落ち着いた感じがする。

白木為蔵は大島に二つある小さな新聞社の一つ「大島週報」の社長で、順平は職員室で隣の黒尾から、会長の白木は太っ腹な男のようだという程度の話は聞いていた。その白木が植字工見習いとして雇っている平井徹という生徒が、二年生つまり順平のクラスに在籍していて、学級委員になっている生真面目な子であった。

それから新任の挨拶ということになって、定野と順平が替わる替わる立って自己紹介をした。順平が少し無理をして、大島がだんだん気に入ってきましたと言って座ると、隣で黒尾がおかしそうに笑った。

酒食が進んでしばらくすると、隣の襖《ふすま》が開いてアンコ姿の娘が二人現われた。二人とも、紺の地に赤い椿の花模様をあしらった前掛けを付けている。間島が一人で手を叩いて喜んだが、予想外のこととて皆驚き顔で二人のアンコ美人を眺めた。

「この子たちは私が特に頼んで、ちょっとだけ来てもらいました」

白木が言って一同を見回した。何も文句を言う者はいない。そこで白木は、末席の方に並んで立つ二人を交互に指さして、

「右側の子が梅子さんで、一昨年のミス大島候補、左の子が今年のミス大島候補で、華子《はなこ》さんといいます。よろしく……」

二人のアンコさんはそれぞれにしなを作って会釈した。

順平は思わず向こう側の定野と顔を見合わせた。三好館の珠江は昨年のミス大島に選ばれたのだった。

「それでは先生方にお酌して差し上げて……。最初に、梅子さんはこちらの眼鏡をかけた定野先生に、華子さんがあちらのお若い方の斉田先生に……」

と白木は念の入った指図をした。

まず梅子が、徳利を捧げ持って定野の前に来た。面長な美人で、口元には客慣れしたような余裕の笑みが浮かんでいる。定野は大げさな身振りで杯に受け、

「これはどうも光栄ですな。ミス大島のお酌とは……」

すると梅子が笑い出して、

「いえ、候補になっただけです」

定野の隣で芦田が陽気な笑い声を上げた。

一方の華子は梅子より背が高く、丸い顔にいかにも健康そうな明るい笑みを浮かべて、歩く姿は眺めていても惚れ惚れするようだ。彼女は順平の前に畏まっておずおずと徳利を差し出したが、一見して緊張に体を固くしているのがわかった。順平は念のために歳を聞いてみようかと思ったが、さすがにそれは止めて、

「ありがとうございます」

と酒を杯に受け、代わりにこう聞いた。

「来年もミス大島に出るんですか?」

華子は丸い目をさらに見開いて、

「いいえ、もう出ません。あれは一度だけなんです」

そう言って頬の赤い顔をいっそう赤くした。

間島が白木と顔を見合わせて頭を掻きながらも遠慮のない笑い声を上げ、あちこちで吹き出すような笑いが起こった。順平もようやく、自分が変な質問をしたことに気が付いて赤面した。

それから梅子と華子は一人一人の席を回って酌をした。もの慣れた様子の梅子は相手の

話にもうまく合わせたが、華子は言葉数も少なく、座を一回りし終わると手持ちぶさたになった。

「華子さん、そこの斉田先生にもっと注いであげてください。大学を出たばかりの新人ですからね、今日はサービスしてあげて……」

間島がそんなことを繰り返して言い、そのしきりと気を遣う様子に、順平はかえって変な気がした。

「あの子、斉田先生に気があるんじゃないの？」

隣の岩松が順平の耳にささやいた。

「まさか……」

順平は首を振って言ったが、しばらくの間は華子の彼を見る目が気になって困った。

「先生、麻雀《マージャン》しないの？」

岩松が順平のコップにビールを注ぎながら言った。

「いや、さわったことがあるぐらいで……」

「それじゃ、そのうちに教えてあげます、楽しみにしていて……」

岩松はうれしそうに言った。

やがて二人のアンコさんが拍手に送られて立ち去り、それからじきに白木も用があると言って姿を消した。

「さあ、これで我々だけになりましたから、皆さん、大いにやりましょう。ああ愉快だ」

間島は赤い顔をして一人で気勢を上げた。

そのうちに定野が間島に向かって、校長がなぜこの歓迎会に出席しないのかと文句を言い出した。間島は、校長なんか来たって堅苦しいだけだ、あの人は定時制のことはあまり考えてない、と自分自身の日頃の不満までが噴き出してくる。それに乗せられて他の者も口々に校長の悪口を言い出した。しまいに間島が、定時制のことをもっと考えるように校長に強く言う、と約束してけりが付いた。

順平は時々質問するようなことを言ったが、終始聞き役に回るばかりだった。そして、一昨日の夕方に行なわれたばかりの、定時制だけの入学式兼始業式を思い出した。一年生から四年生まで、総勢五十人ほどの生徒が音楽室に並んでいて、校長は姿も見せず、間島教頭が簡単な挨拶をしただけの、他に親も誰も来ない、いかにも寂しいちっぽけな集まりであった。やはりあれは差別された状態なのかもしれない、と順平は酔った頭で考えた。

そのあとしばらく間島教頭の独演会のようだった。普段から定時制がいかに不当な扱い

を受けているかを言い立てて、

「あの校長の考えていることは、次の自分の栄転先のことです。そのために、とにかく問題を起こさないようにしようとしているんだから、私は大いに言ってやろうと思う。皆さんの気持ちを十分聞きましたから、定時制の立場を言ってやりますよ」

ところがその同じ口で、

「私もここに来てもう四年目です。ああいう校長の下にいるのも飽きたし、島もこれくらいで栄転させてもらいたいと思ってね……」

と、自分が管理職として転勤するために苦労していることを話し、さる大学の教授の名を挙げて昵懇《じっこん》な間柄であることを強調した。

すると定野がその教授なら知っていると言い出し、それからしばらく二人で顔を付き合わせて話し込んだ。その教授とやらが教育界に発言力を持つようで、定野も関心があるらしい。

岩松が気をきかせて、黒尾夫人のところへジュースの瓶を持って行き、彼女の前に座り込んで何やら話し出した。

芦田が徳利を持って黒尾と順平の前にやって来た。

「教頭の本音が出ましたね」

と芦田がささやくように言うと、黒尾は、

「僕も早く島を出て都内へ転勤したいんだけど、夫婦一緒にとなると、どうも難しくってねえ……」

と言い出した。

すると黒尾夫人が夫の言葉を聞き咎めて、向こうから急いでやって来た。岩松は定野に言われて酒の追加を頼みに行ったらしい。

「それなら教頭先生と喧嘩《けんか》しないように、少し気を付ければいいんですよ、ねえ……」

黒尾夫人は芦田の脇に来て同意を求めた。彼女にしては珍しく感情的になっているように見える。芦田が順平を見て困ったように笑い、黒尾はしきりと頭を掻いた。

「僕は島で、これと結婚しちゃったからねえ、それが失敗だったんだ。内地に戻ってからにすればよかったんだが、あとの祭りだ」

「昌子さんの魅力に負けたという話ですね、参ったなあ」

芦田が言って笑うと、

「そうなんですよ、実は」

黒尾はまた頭を掻いて見せた。夫人もおかしそうに笑っている。

そのとき、

「とにかく島流しにあってるんだから、何とかしなくちゃ浮かばれないよ、まったく……」

間島が定野に向かって大声で言うのが聞こえた。だいぶ酔いも回っているらしい。

突然、黒尾が間島に向き直って怒鳴った。

「間島教頭、その島流しと言うのをやめてくれませんか」

黒尾の顔色が変わっている。

「いつも島流し島流しって、いい加減にしてもらいたい。新任の先生にも失礼じゃないですか」

黒尾はよほど腹に据えかねたらしい。順平も、先ほどから間島が何度も「島流し」と言うのを耳にして、嫌な気がしてはいたのだ。

この大島が昔から流人の島とされたのは知っているが、間島が自ら島流しと称してはばからないのは順平にも理解できない。離島に単身赴任した者を揶揄《やゆ》するのだとしたら、度が過ぎると思った。

間島は黒尾の剣幕に一瞬当惑したような顔をしたが、特別反省する様子はなく、

「まあ、そう堅いことは言わず、今日は私にも少し言わせてもらって……」

「いつも先生は言ってるじゃないですか」

黒尾はなおも言い張る様子だ。

すると定野が「まあまあ」と割って入って、

「間島先生、やっぱり島流しと言うのはよくないですよ。流人のつもりでここに来た人はいないんだから……」

そう言われて間島も折れた。

「あ、流人とはね……。そうですね。それはもうやめましょう」

と少しはバツの悪そうな表情も見せたが、黒尾はまだ間島を睨み付けていた。黒尾夫人はと見ると、こちらも立腹した表情で間島を睨んでいた。

「私もつい話をおもしろくしたくなってね……。どうも、いけねえんだなあ、これが……。ちょっ」

間島がわざとやくざな言い方をしたので、皆とうとう吹き出した。

そこで芦田が幹事であるのを思い出した様子で立ち上がり、

「あの、お酒が尽きたようですが、約束の時間も大分過ぎているので、そろそろお開きかと……」

間島の顔を窺うと、間島は大げさに何度もうなずいて見せた。

芦田が持ち前の陽気さで手締めをし、やがて七人揃ってホテルの外へ出た。

椿山と名乗るだけあってホテルの周囲には椿の木が林立している。その椿の木々の間にホテルの玄関から続く敷石道が、夜目にも白く浮かび上がって見えた。

「ああ今日は愉快だった、大いに飲んだ」

間島が素っ頓狂に言って大きく息を吐いた。順平には何だかわざとらしく聞こえて変だったが、すぐに定野が間島に応じた。

「そうですね、またやりましょうや」

間島が岩松のライトバンに乗せられて去ると、黒尾夫妻が後ろの三人に手を振って歩き去り、芦田もアスファルトの道の角で別れて下宿に向かって行った。

「あの教頭は少々自棄《やけ》気味じゃないかなあ。大体、酒を飲み過ぎるんで……」

順平と二人になって歩き出すと定野がつぶやいた。今夜の間島教頭の様子を思い浮かべれば、五十半ばで離島の学校に単身赴任して来た間島の心境を、順平も思いやらないわけにはいかない。

「奥さんも呼んで、一緒に暮らせばいいのにと思いますけどね」

「それはどうかな。奥さんも歳だろうし……。間島さんは二、三年で島から都内に帰って、校長になるつもりでいたんじゃないかな」

離島教育の振興に協力すれば昇進に有利だ、という話は順平も知っている。志願して島の学校に来て三年経過しても栄転先を得られないとすれば、間島の焦る気持ちも想像できるような気がした。

三好館に向かって細い坂道を下りながら、前方遥かに銀色に光る海を見た。ぼんやりした月が空にかかっていて、なま暖かい風がひっきりなしに頬に当たって来た。

ふと気が付いて順平が振り返ると、定野がふらふらした足取りでだいぶ後ろの方を歩いていた。今夜は定野もかなり酒を飲んだらしい。

順平は自分がどれほど酒を飲んだのかわからなかったが、酒よりも人の話に気を取られていたことの方が多かったのは間違いない。

六　島の娘

歓迎会のあった翌朝、順平が目覚めたときはいつもよりだいぶ遅い時刻だった。外は曇っているらしく部屋がひどく暗かった。

食堂に行くと定野がいて、おかみさんと話していたが、もう少し寝ていたいと言って部屋に戻った。おかみさんは定野の食べ残したあとを片付けながら、

「二日酔いなんずらよ、定野先生は……」

と言って、にっと笑い、

「斉田先生はどうな?」

「僕はそれほどでもないけど……。もう少し晴れていたら散歩でもして、すっきりさせたい気分ですがね」

たった今廊下を来ながら見た黒い雲の筋と灰色の海の光景が、順平を憂鬱な気分にしていた。

食事を済ませると順平は部屋に戻り、何をしようという気も起こらず机の脇に仰向けに

なった。やはりいくらか昨夜の酒が残っているようなだるさがあった。

しばらくすると、廊下を歩いてくるかすかな音がして、

「斉田先生、いる？」

か細い、消え入りそうな声がした。

見ると、髪を丸めて簪《かんざし》を頭に挿した珠江の影がぼんやりと障子に映っている。障子に片耳を寄せて中の様子を窺っているらしく、丸い頬の辺りのほつれ毛の微かな影もわかった。

順平が障子を開けると、珠江は少し飛び退いて彼の顔を仰ぎ見た。頬が赤く染まっている。

「何か用事？」

「斉田先生、空が晴れてきただい、少し、海もきれいに見えてきたが……」

順平が思わず目を上げると、珠江の頭の向こうのガラス戸を通して、青みがかって光る海が見えた。上空は雲が割れて青空がのぞいている。先ほど食堂の行き帰りに見たときより大分変化していた。

「本当だ、晴れてきた」

順平が感心すると、珠江も海の方を見て、

「斉田先生はいつも海の色を気にしてるずら。今、あっと言う間に晴れただい」

得意そうに言う表情があどけないくらいだった。

順平は特別海の色を気にしているというわけではないが、三好館の住人になった日以来、海にせり出した崖の上に寝起きしているような自分を思うと、一種の興奮状態になって、それがいまだになかなか収まらないのだ。夜中でも耳を澄まして海鳴りの音を聞き、昼は部屋の前の廊下を通るたびに海原を眺めないではいられない。

今朝も食堂で順平は今日の天気の話をし、灰色の海が重くのしかかってくるような気分だと言った。そんな話を珠江はおかみさんから聞いたのだろう。

「これから弘法浜へ行ってみるといいが、先生……」

珠江が言うので、順平は外へ出てみたくなった。

弘法浜は三好館の近くにあり、芦田が「いい浜です」と言うので、何日か前の午前中に定野と二人で行ってみた。しかしその日は風が強く、すぐに引き返してきた覚えがある。

「そうだ、ちょっと出てみよう……。一緒に行くかい？」

思わず珠江にそう言った。珠江はすぐにうなずいて、

「近道を教えてあげる」

思いがけなく珠江と連れ立って散歩ということになって、順平は何となく浮き浮きした気分になった。

先に立ってゆく珠江に付いて玄関を出ようとしたとき、おかみさんが食堂に立ってにこにこして見送っているのが見えた。はっとして順平が立ち止まりかけると、おかみさんはもう厨房の方に消えていた。

溶岩石で補強された細い坂道を二回曲がって下りて行くと、すぐに海のほとりに出た。そこから海伝いに少し行ったところが弘法浜だ。珠江は海辺に出ると順平の後ろになり、ものも言わずに付いて来る。彼が振り返って何か話しかけても、ただうなずくだけである。

弘法浜は、溶岩が海に流れ出し波に叩かれてできたような荒々しい浜で、黒っぽい色の砂浜が溶岩のこちらに帯のように続いている。角張った岩とも違い黒々とした溶岩が海際に広がった浜の眺めは、火山島らしい景観には違いない。

朝から曇っていたせいか人影は見えず、浜に寄せて来る波の音ばかりが絶え間なく聞こえてくる。雲の割れ目から差し始めた日の光を受けて、波打ち際の向こうに広がる海が早くも青々と輝き始めている。見渡せばその海原も遠くでまた灰色に変わり、重い雲の垂れ込めた彼方に溶け込んでいるかのようだ。

順平はただ一人でそこに立っている気分になって、珠江の存在を忘れかけていた。我に返って振り返ると、珠江は十メートルぐらい後ろにぽつんと立って、こちらを見ていた。

「すばらしい眺めだね」

側へ行って彼が言うと、珠江はこくりとうなずいた。

「海は、好き?」

「そんなこと、考えたことない」

珠江が言って笑った。海は毎日の当たり前の景色ということか。順平はあまり言うことがなくなった。

「蟹《かに》がいるずら、先生……」

「蟹?　どこに……」

「いるよ、こっちの方……」

珠江が溶岩の繋がり具合を確かめながらどんどん先に行くので、順平もあとに付いて行った。

珠江が立ち止まって指差す辺りを見ると、溶岩と溶岩の間のへこみに蟹が行き来してい
た。また少し先に行くと蟹の他に貝の類もいろいろ見え、ゲシゲジのような小判型の大き
な虫がたくさん蠢《うごめ》いていた。
何という貝かとか、何という虫かとか訊くと、その度に珠江は、
「わたし知らないが、先生」
と言って笑ったが、そのうちに、
「ズワイガニがいることもある」
と言って、珠江は波の寄せている辺りまで行って岩の間を探し始めた。
順平もズワイガニなら知っていると思い、珠江に倣って探してみた。顔を上げて見る
と、盛り上がった岩に手をかけてその下方を一心にのぞこうとする珠江の白い顔が、水に
反射した光を受けて輝いていた。
珠江はセーターに長めのスカートという姿で、片方の手でそのスカートの端をからげて
握っている。ゴムのサンダルを引っかけただけの彼女の白いふくらはぎが、ときどき波し
ぶきを受けて濡れるのを順平は見ていた。珠江がこちらを向きそうになったとき、
「ズワイガニを捕まえたことがあるの？」

順平が聞くと、

「嫌だ先生、あんなの摑みたくない」

珠江が振り返って叫んだので、彼も愉快になって笑った。

海の風は寒く、めぼしい蟹も見当たらないので、二人は引き返すことにした。

珠江は、順平の進む通りに岩の裂け目を飛んだりしながら、彼のすぐ後ろに付いて来た。

「先生、一人でいると寂しいら？」

「うん。でもまだそれほどでもない。そのうちにもっと寂しく感じるようになるのかな」

「そうだよ、きっと……。あの部屋、暗いもの……」

順平が黙っていると、

「定野先生がよそへ出て行けばいい……」

と含み笑いをして見せてから、今度は彼の先に立って歩き出した。

その様子は、やはりどこか幼さがあって愛らしい。順平は微笑みながら珠江のあとを歩いて行った。

学校から帰るときのスクールバスが終点の元町港前で止まると、そこまで乗って来るのは定野と順平の他には二、三人の生徒がいるだけである。それ以外は皆自宅に近い途中のバス停で降りてしまうのが常だ。

二人が三好館へ向かって海沿いの道を歩いて来ると、今夜も湿った海風が右の頰に当たる。帰り着けば遅い食事を摂ったあとで風呂に入り、それぞれの部屋で寝る毎日である。

夜の食事のときは大抵おかみさんが給仕をしてくれるが、たまに勝枝の世話になることがある。珠江は滅多に給仕に出て来ることがないから、順平もあまり顔を見る機会がない。

おかみさんはもの柔らかな人で、島に来たばかりの順平は、おかみさんの笑顔を見るといつも何となく安心感を持った。

そのおかみさんの名をちゃんと聞いたことがないと定野が言い出し、順平もそうだと気が付いて、二人して訊いたことがあった。学校の事務室で下宿の契約書に判を押した覚えはあるが、おかみさんの名前については二人とも記憶がなかった。

「わたしの名ですか？　わたしの名は、美代というんです」

とおかみさんが答えた。

「美代、ほう、三好美代さん、ですね」

定野が感心したように言うと、おかみさんは、もっと若いころには「見好し、見よ」と言ってからかわれたという話をした。順平はおかみさんもさぞ美人だったのだろうと思い、では結婚する前は何と言ったのかと訊くと、「岩本美代」と言ったそうで、これは「岩も富よ」とも読めるが、「溶岩なんかたくさんあってもちっともお金にならない」とおかみさんは笑って話すのだった。そんなふうにおかみさんは冗談も好きで、人の気を逸らさぬ話し上手であった。

さて、今夜の給仕は勝枝だった。勝枝は小麦色の肌がいかにも健康そうで、明朗でよくしゃべるし、しっかり者の感じがある。

食事は赤身の刺身に味噌汁と漬け物という質素なものだった。毎回まさに一汁一菜という感じで、下宿代が安いのだから仕方がないと定野は諦め顔だった。

ところが今夜は、刺身の盛りや味噌汁の中身も、普段より定野に多めに与えられているように、順平には見えた。勝枝が殊の外、定野にばかり話しかけるようでもある。順平はそれが、どうも偶然ではなさそうだという気がしてならなかった。

定野はと見れば気分よさそうに飯のお代わりをし、勝枝に問われるままに故郷福岡の名産品の話などをしている。

順平自身は勝枝に憎まれる覚えもないから、勝枝が定野に気があることを示しているのだろうと思った。定野は歳が三十ぐらいで有能な教師らしいし、勝枝が嫁入りすることになればおかみさんも喜びそうだ。定野も勝枝のような明るくてしっかりした娘なら気に入るに違いない、などと、二人の話に脇から相づちを打ったりしながら順平の頭は勝手な想像をしていた。

ようやく定野が話の切りを付けて、手にしていた湯飲みを置き、順平を促して立ち上がった。

「お粗末様でした。あとでお風呂をどうぞ」

勝枝がにこやかに言って、テーブルの上を片付け始めた。

そのとき厨房の方で音がして珠江が顔を出した。まるで聞き耳を立てて様子を窺っていたかのようだ。そして振り向いた順平の視線を捉えると、珠江はすぐに晴れやかな笑顔になった。週刊誌の表紙を飾った価値ある笑顔だ。

「あ、お休みなさい……」

どもるように言ってから、順平は定野のあとを追って食堂を出た。

順平が、勝枝の利発な感じよりは珠江の愛らしさに惹かれるのは確かだ。しかしまた、歳よりは幼く感じる珠江の態度に順平が戸惑っているのも事実だった。歳は同じでも四年生のクラスにいる広沢絵美の方が大人びて見えることがある。

元旅館であっただけに三好館の風呂は三、四人入れそうな大きさである。順番を待つ必要もないので、順平はよく風呂で定野と一緒になった。休日などには小村が一緒に入ることもあった。

順平が風呂に行くと、先に湯船に浸かっていた定野が洗い場の順平に言った。

「珠江さんはおとなしい子だね。そう思いませんか?」

「ええ、そうですね……。勝枝さんはその点、しっかりしたいい娘さんでしょう?」

順平が言うと、定野はうなずきながらも、さもおかしそうに笑い出した。

あとで順平は、定野がなぜ珠江のことを言ったのかと気になった。まるで順平には珠江を、定野には勝枝をと認め合ったような変な感じがした。

順平が風呂から上がったとき、彼の机の上の小さな置き時計は十時半を回っていた。彼は高校時代以来すっかり夜型になっていて、特にこのごろは風呂から上がってすっきりした気分で机に向かうのが好きである。夜なら陰気な暗い部屋のこともまったく気にしなくて済む。そうしてみるとこの部屋もなかなかよい部屋ではないか、という気がしてくるから不思議だ。

順平が電気スタンドを点けて、いつものように机の前にあぐらを掻いて一息ついたとき、どこからか話し声が聞こえて来た。小さな床の間の向こう辺りらしく、思わず耳を澄ますと、何か早口で言っているのはおかみさんで、それに対してゆっくりした口調でものを言っているのが、どうやら珠江のようだ。

壁を隔てた向こう側の間取りがどうなっているのかわからないのだが、こんなにはっきり聞こえるのは初めてだった。話しぶりからすると壁の近くに顔を寄せ合って内緒話でもしているようで、こちらに聞こえていることに気付いていないように思われる。

順平はそっと床の間に身を寄せて耳を壁に近付けてみた。

「だからおまえがその橋沢さんに、自分ではっきり断ればいいんだじゃ……」

この声はおかみさんである。

「だって……、可哀想だっちゃ、いつもよくしてくれるもん……」

珠江がすねたような言い方をしている。

そんな押し問答が続いて、会話が途切れた。

順平は仰向けになって両手を組んで頭を載せ、机の下に思いっ切り足を伸ばした。

順平には「橋沢さん」が何者か見当も付かない。しかし年頃の娘で珠江のように美しい顔立ちであれば、言い寄って来る男がいても不思議はない。

順平は自分もそういう男の一人になりたいのかと問うてみた。そういう気持ちがないとは言えなかったが、自分の生きて行く方向と、珠江のような娘の望むものとが一致するのかとなると、彼にはまるで自信がなかった。

それから二日ほど過ぎた日の夜、いつものように定野と一緒に遅い食事を済ませて部屋に戻った順平は、その日届いた新しい雑誌を手に取って思わず時間を過ごした。定野はとっくに風呂を済ませて部屋に入っていた。

順平も風呂で体をさっぱりさせてから寝たいと思い、時間が遅いので湯が冷めていることを気にしながら風呂場に向かった。風呂場は建物の奥にあって海側に突き出た場所である。

順平が足音を抑えるようにして進み、木製の古い引き戸をそっと開けると、明かりが点いていた。見ると、脱衣籠の前に後ろ向きの白い裸身が立っている。振り向いた横顔は珠江であった。

「あっ」

二人同時に小さな声を上げた。

順平は慌てて戸を閉めようとした。そのとき戸の端でしたたかに頬を打った。部屋に戻ってからも打った頬をなでさすり、跡が残らないかと気になった。彼は珠江がなぜ入り口の鍵を閉めなかったのかと悩ましく思い続け、彼女の白い裸身がいつまでも頭から消えなかった。

翌朝、順平は食堂の入り口で珠江とすれ違った。珠江は顔を赤らめて彼を見、それから俯いて口に手を当て、くすくすと笑った。彼は顔が熱くなるのを感じた。それを定野に気付かれた様子はなかった。

七　恋の行方

歓迎会が終わって数日経った日のことである。順平が出勤して廊下を歩いていると、事務室の前を過ぎた辺りで間島教頭に呼び止められた。一緒に来た定野は遠慮して先に職員室に入って行った。

「この間の歓迎会はどうでしたか……」

間島はそう言いながら順平に近寄った。何の用だろうと順平が間島を見ると、

「あのときアンコさんが出て来て、斉田先生のところへ行ってお酌したでしょう？　あの子、どう思いますか」

ささやきかけるように言って、間島は意味ありげな笑い方をする。

「結婚のような問題はまだあまり考えてはいないでしょうけど、もし斉田先生があの子とお付き合いでもお望みなら、私が白木さんにそれとなく言っておきますよ」

「いいえ、そんなことは考えていません。今そう言われても困ります」

順平は正直なことを言った。思わず大きな声になったので、事務室から出て来た岩松がこちらを注視しながらやって来た。

「あ、そうですか……。わかりました」

間島は急いで話を引っ込めた。順平はそれでその話はしまいになると思った。

ところがその翌日、岩松が、白木会長が今度の町議会選挙に立候補するらしい、という街の噂《うわさ》を聞いてきた。大島町議会議員の選挙は五ヵ月余り後の十月に行なわれる。職員室

にいた皆が興味を持って、あの人なら大島週報の社長だし、穏健な考え方だから町会議員には適しているんじゃないか、と大方好意的な見方で一致した。

　すると間島が、

「実はその白木さんが、私のところへ電話して来ましてね、この間のアンコの華子さんをお宅の若い先生にどうかって、熱心に勧めるんですが、どうです、斉田先生……」

　懲りずに順平に話を向けてきた。

　居合わせた者の目が一斉に順平に向けられた。間島は急に自信に満ちた顔になって、

「お付き合いについて考え中だと言っておいていいですか？　そうすると私も少しは助かるので……」

　順平が返事につまっていると、

「華子さん？　あの子はいい子でしたわよね、とても……」

　思いがけない方から声が掛かった。黒尾夫人である。

「でも若い先生というのは、何も僕だけじゃないですよ……」

　そう言って順平が芦田の方を見ながら逃げようとすると、

「それは斉田さんに決まってますよ。何しろ彼女、真っ先にお酌しに行ったんだから」

芦田が言い、皆うなずいてまた順平の顔を見た。白木為蔵の意図するものがあったにしても、華子自身に異存がなければあとは順平次第だというわけだ。

「白木さんも悪いようにはしませんよ。何しろ、ＰＴＡの会長を引き受けてもらっていますのでね」

間島はそう言いながらにこにこしている。

それで順平も、何が何でもその場で断るというわけにもいかない気がしてきた。そればかりか、順平の中で華子の顔が急に大写しになってきたようでもある。

すると定野が間島に問うた。

「しかし、あの子は白木さんと、どういう関係なんですか？」

間島もそのぐらいのことは答える責任があると思ったらしく、定野と順平を交互に見ながら説明した。

「あの子は藤野華子といって、椿山ホテルの支配人の親類の娘だそうで、親は地主らしいです。支配人は五十歳ぐらいの人で、白木さんとは新聞社の関係で知り合いなんでしょう。あの子はこの三月に全日制の普通科を卒業して、現在椿山ホテルの従業員だそうです」

あの華子が珠江より一つ年下だったとは、と順平は内心驚いた。彼の印象では珠江より一つか二つ上のような感じだった。

「その親御さんは、娘が教員の女房でもいいというわけですかね？」

定野が皮肉な言い方をすると、側で聞いていた岩松が、

「それは、いいどころじゃない、親はきっと大喜びですよ。何しろ先生方は、この島では高給取りの部類なんだから……」

これには皆笑った。順平も、教員志望で高給取りになれるなどと思ったことはない。だが、本当ですよと岩松が真顔で言い張るところを見ると、島の人の感覚としては本当に高給取りなのかもしれない。

「そうすると白木さんは、その支配人とかなり個人的に親しいということですか？」

黒尾が言うと、岩松がわけ知り顔になって、

「いやあ、それほどでもないでしょ。それより、選挙があるからじゃないですかね。大きなホテルの関係と繋がりを強めておくことは、きっと選挙に有利になるんですよ」

「ああ、選挙絡みもあるのか、それじゃ、どうも困ったね……」

定野が順平を見てわざとらしく嘆いて見せた。

順平は、定野が順平のために防戦してくれているような気がした。定野が珠江のことを念頭に置いているのだとすれば、それについては少し複雑な気持ちもあったが、華子に関して選挙絡みの問題がありそうだと聞くと、彼も急に不愉快になってきた。

間島は白木の選挙事情を知らなかったわけでもないらしく、そこまで話が割れてしまうと困惑顔になって、

「まあ、私が適当に、斉田先生の迷惑にならないように、白木さんには断っておきます」

「是非そのようにお願いします」

順平も結局間島にそう言った。皆一様に興ざめ顔になったのも致し方ない。

間島が職員室を出て行きながら、

「ちょっ」

ドアに向かって舌打ちするのが聞こえた。

あとで聞くと、定野も結婚の意志について間島から打診があったという。ただしそれは椿山ホテルの歓迎会より前のことで、その相手候補が梅子であったのかどうかは定かでない。とにかく定野は「故郷に許嫁《いいなずけ》がいるから」と言ってその場で断ったというのだ。

「許嫁って、本当なんですか？」

順平が聞くと、

「それはまあ、嘘というわけではない……。もっとも正式な許嫁とも違うんだけどね」

定野はにやにやして言った。

順平は半信半疑の気分だった。定野が三好館でおかみさんに許嫁の話をした様子はないから、勝枝との間はどうなるのだろうと気になった。

定野は自分のことよりも順平のことが気になるらしく、

「歓迎会のとき、あの華子という子は明らかに斉田さんを意識した態度だった。白木会長に見込まれたからには、教頭を通じてまた何か言って来るかもしれないよ、斉田さん」

「しかし大学出たての僕よりも、芦田さんの方が先でしょう?」

と順平は言い張った。

「芦田さんは、もう間島さんに、許嫁がいるとか何とか言ってあるみたいだよ。それでなくても彼は毎日釣りに夢中で、そんな気はないっていう感じじゃないの」

定野が言っても順平は納得しなかった。いくら相手がいい娘であっても、島に来たばかりの自分が選挙絡みで利用され、罠《わな》にはめられるようなことになるのは嫌だと思った。

順平は、白木会長の町会議員選挙立候補に関係した間島教頭の動きに不信感を持ったので、折を見て隣席の黒尾にその話をしてみた。すると黒尾は、

「教頭は白木会長の機嫌を取っておきたいだけですよ、きっと……。斉田さんはそんなこと、あまり気にしなくていいんです」

と言って、それ以上興味もなさそうな顔をした。

順平は少々がっかりした。間島教頭に格別問題がないとすれば、まだ順平の理解の至らない部分があるということか。新米教師としては我慢して様子を見ている他はない。

順平の心情を知ってか知らずか、黒尾は、

「それよりも僕はね、斉田さんに一つ話しておこうと思ったことがあるんですよ」

そう言って順平の顔をまじまじと見た。

「この前、選挙絡みなんていう話になっちゃったから、斉田さんも嫌な気がしたでしょうけど、しかし僕はあの子はいい子だと思うよ」

順平もそれは異存がなかった。あの娘は健康的な明るさがあったし、二十歳前にしては落ち着いている。選挙絡み云々の話も、当人同士には関係ないと言えば言えるだろう。

「でも僕はいい子だと言うだけで、斉田さんの相手として積極的に勧めるわけじゃない。

実はそれを言いたいんですよ」

そうして黒尾が話し始めたのは、自らの体験談だった。

黒尾が大島高校の教員になってまだ独身のころ、下宿の親父と親しくなったのはいいが、一年も経たないうちにその親父が黒尾に、「嫁さん候補」を持って来るようになった。黒尾が「島の娘は純真な感じがする」とか、「三男坊だからどこに住んでも平気だ」などと気楽に話したのが原因らしい。そのうちに教頭を通じて縁談を勧めて来たりするようになったので、黒尾は断り切れなくなりそうで閉口した。

「実は許嫁がいるとか言ったら、どうだったんですか」

順平が言うと、黒尾は、

「そういう知恵が働かなくってね、どうしようと本気で悩んだ。結婚は考えてもいいが、まだ東京へは帰れないし、下宿の親父の言うがままになりたくないというわけでね……」

そう言って黒尾は頭を掻いた。

「ところが、ちょうどいい相手がいたんですよ、しかも目の前に。あの人がいつもおとなしい感じだったから、僕も気が付かなかったんですよ」

そのときの感動を思い出すかのように、黒尾は目を細めた。順平は昌子夫人のことに違いないと思ってうなずいた。

昌子夫人は黒尾の三つ下だが、教員になりたい一心で黒尾よりも二年前に大島に着任していた。彼女は清楚な感じがなかなかよいし、東京の出身だから転勤もし易いだろう。黒尾はそう思って機会を狙って、「結婚することは考えないですか」と単刀直入に言うと、彼女が「考えている」と答えた。それで黒尾は助かったと思ったという。

「まるでおあつらえ向きという感じで、僕はよかったけど、きっと向こうも一人で寂しかったんでしょう。それで本当に一昨年の秋に結婚して、教員宿舎に入れたから下宿の親父さんとの縁も切れて、僕の生活も落ち着いたんだけど……」

問題はその先にもあった。つまり何年かしたら東京へ帰りたいと思ったが、夫婦揃って転勤希望となると難しいのだ。歓迎会のときに黒尾夫人もそれを嘆いていたのを順平は思い出した。

「僕もほんとに参ってるんですよ……」

黒尾は頭を掻いた。三男坊の気楽さがかえって裏目に出たというわけで、順平もつい笑ってしまった。

黒尾もおかしそうに笑ったが、その顔は少しも悪びれたところがない。順平は黒尾夫妻が相思相愛であることを疑わなかった。もしかすると、離島で巡り会ったすばらしい恋愛が、照れ隠しされているのかもしれないと思った。

「前置きが長くなったみたいだけどね……」

と黒尾が言い、順平も本題があったことを思い出した。

「島で恋人を見付けるのもいいが、それなりの覚悟が必要なんです。島の娘はもちろん、純朴でいい子がいるけれども、結婚したら島に住み着くぐらいの決心がないとね……」

黒尾は真顔になって言った。

「とにかく、少しでもその気があるようなことを言うと、次々と候補者が現われますよ。しかし、いい加減な気持ちで関係を持ったりしたら最後、大変な爪弾きにあうでしょうね……。いや、かく言う僕も、実は危ないところだったんです、今よりもっと若かったしね」

黒尾は顔を赤らめて笑った。

「島で結婚相手を見付けて、連れて帰るのは難しいんですか？」

順平は正直に聞いてみた。

頭の中には珠江の顔が浮かんでいた。彼にはもっとも身近にいて、しかも魅力的な娘だ。今はまだ幼く見えても、二、三年経てば珠江だってもっと成長するに違いない。

「難しいかどうか一概には言えないが、あの華子さんは、多分難しいでしょう。親が古くからの地主だしね、それこそ島に住み着いて家業を継いでやる、くらいのつもりにならないと駄目ですよ、きっと」

黒尾が言うと、順平もそれはわかる気がしてうなずいた。

すると黒尾はにやりとして、順平の心の内を窺おうとでもするようにこう言った。

「ところで三好館の三人娘のことは、大抵の人が知っていて皆注目しています。三人とも器量よしだから誰が射止めるかっていうわけでね。本人の気持ち次第ではあるけども、しかしあのおかみさんは婿取りが目的だから、よく考えないと……」

ああそうか、と順平は腑に落ちる気がした。おかみさんの様子から感じたことが今の黒尾の言葉ではっきりしたと思った。若い教師がいる下宿屋のおかみさんなのだから、娘の婿探しをする目で順平が見られているとしても不思議はない。

「一番上の娘は元町の中学の先生と四年ぐらい前に結婚して、僕と同じ教員宿舎に住んでますが、何という娘さんだったかな……」

「僕は上の娘さんのことはよく知りません」

確か咲恵《さきえ》という名だけはおかみさんから聞いたが、順平はまだ本人に会ったことがない。

「あの先生も内地から赴任して来て、三好館の娘と恋愛して結婚した。今は子供もいるけど……。でも島から転勤するかどうかで、いろいろ悩んでいるらしいが……」

と黒尾は何事か言い止《さ》して、

「僕は、斉田さんを見ていると、何だか気になってね。あんたは長男だっていうし、三年ぐらいで都内へ転勤するつもりだったら、それなりによく考えておいた方がいいと思ってね……」

今度は順平が頭を掻いた。自分はしっかり考えて進むつもりでいるが危なっかしくもあり、黒尾の言葉は的を射ていると思った。

「僕は自分がかなりふらふらしていただけに、斉田さんには、つい余計なことを言ってしまうんですよ」

すいません、すいません、と言うように黒尾は頭を何度も振った。

日曜日の三好館では普段顔を合わせない人に会うことがよくある。

昼時に、順平が定野、小村と三人で食事のあと、お茶を飲みながら雑談をしていると、部屋の方の襖が開いて順平の見慣れない男が食堂の方へ出て来た。すぐに厨房からおかみさんが顔を出して、

「定野先生と斉田先生はまだ知らなかったずら。上の娘の夫婦ですに……」

「細川です。よろしく……」

と男が挨拶した。体格がよくなかなかの男前である。順平はすぐに黒尾から聞いた話を思い出した。

「こんにちは、咲恵です」

すぐ後ろから色白の顔がのぞいた。二、三歳の女の子を抱いている。順平は咲恵の顔が珠江によく似ていると思った。

定野と順平は座ったまま挨拶を返したが、細川は笑顔も見せず、

「すぐそこにある中学校で教員をしています。じゃ、今日はこれで失礼……」

と、何となく不機嫌の様子だ。

「また来るから、そのときに……」

咲恵が哀願するようにおかみさんに言った。おかみさんは堪忍袋の緒が切れる寸前のよ

うな、きりきりとした顔付きになってうなずいただけだ。

細川夫婦が外へ出て行ってしまうと、

「何か、ありましたか？」

定野が微笑みながらおかみさんに言った。

こういう時の定野はいかにも世慣れていて、人の気持ちを和らげる術がある。このごろはすっかりおかみさんの信頼も得たから、以前よりずっとうち解けた様子さえある。

おかみさんの表情がようやく緩んできて、

「少しはいろいろ話してくれればいいに、気に入らないとすぐ帰ると言い出すので、あれじゃ娘が可哀想で……」

定野に向かって愚痴のようなことを言った。

順平には細川がそんなに短気な男には見えなかったので、おかみさんの言い分が飲み込めなかった。

「帰ってから二人で話をするんでしょう？　また来ると言っていたじゃありませんか」

定野が言うとおかみさんはだいぶ機嫌を直した様子で、

「どうせ都内の学校へ移りたいずら……、無理は無理だがよ」

笑顔で軽く言い捨てると、三人の食事の後片付けにかかった。

黒尾の話によれば、長女の咲恵は当時評判の美人で、細川も恋い焦がれて結婚したはずだ。ところが今、細川夫婦はどうやら転勤問題が悩みの種になっていて、島から出るか出ないかでおかみさんも交えてしばしば口論になるらしい。それを、近所に住む黒尾もある程度知っていたのだろう。

そのとき、別の男がガラス戸を開けて入って来た。長椅子から立ちかけていた小村が、

「やあ岡山さん」

と言ってまた腰を落ち着けた。

「小村さん、しばらく……」

岡山は言って定野と順平に会釈した。歳の若そうな割にすっかり髪の薄くなった頭が順平の目に付く。

小村は二人を岡山に紹介してから、

「この岡山さんは町役場に勤めている人で、一年ぐらい前までこの三好館の住人だったんですよ」

と岡山にも長椅子に座るように勧めた。

岡山はおかみさんに用事があったらしく、厨房の方に寄って顔を出し、

「おかみさん、作蔵さんのところに昨日行ってみただよ。だいぶ元気になってたから、大丈夫だと思うが」

「そうずらか。まあよかったが……」

おかみさんの冴えない声が聞こえた。

岡山が戻って椅子に座ると、小村が話しかけた。

「作蔵さんというのは、確かおかみさんの親類だったね？」

「ええ。三好作蔵さんと言って、おかみさんの死んだ主人の叔父に当たるんです。もう七十三になる人で、二つ下の奥さんと二人暮らしだけど、仕事もしてないし、ときどき見に行ってやらないとね……。何しろ、近くにある親類と言えるのは三好館だけなんですよ」

「あの浜見屋は親類じゃないんですか？」

順平が思わず口を入れた。

「あそこの主人は、おかみさんの実の兄さんでしてね……」

岡山が答えようとしているところへ、おかみさんが岡山のお茶を注いで持って来て、

「余計な話はしなくていいだよ、岡山さん」

と軽くたしなめた。するとまた小村が言った。

「しかし岡山さんは偉いね。よくそうやって自分で年寄りの家を回るよ」

「福祉課だから仕事のうちだと思ってますよ。やれることは少しでもよくしてあげたいと思えば、仕方ないんですよ」

岡山は人の好さそうな笑いを浮かべた。

おかみさんは何も言わず厨房に戻って行った。岡山が作蔵のことで話しに来たりするのは、おかみさんには少しありがた迷惑なのかもしれなかった。

その日の夜、順平は風呂で小村と一緒になった。順平が体を洗っていると、湯船の中で小村が話した。

「岡山さんはいい人なんだけどね、ここのおかみさんが勝枝さんと結婚させようと一生懸命になったものだから、とうとう逃げ出して他の下宿へ行ってしまったんだ」

小村はそう言って一人で笑い、

「僕は上の咲恵さんが欲しかったんだが、細川さんに取られてしまった。細川さんも初めはこの三好館にいて、僕の恋敵だったんだ」

小村はまた愉快そうに笑った。順平も、小村の胴長短足とでもいうべき体軀《たいく》を思うと、恋敵という言葉の取り合わせがおかしかった。それにしても小村がこんなに笑顔を見せるとは意外だった。

「小村さんはずいぶん長くここにいるんですね？」

「僕はもう、ここの娘たちにもおかみさんにも変人と思われて、嫌われているんです。いっそ、その方が気楽でいいとも言える……。僕は虫が好きでねえ、虫をいろいろ集めているんで、それで嫌われているんじゃないか、と、そう思うことにしているんです。小学校ではこれでも結構、子供には人気があるんだけどなあ」

小村はいかにも悔しそうに言った。

体が小型で目と鼻と口が大きく頭の長髪は乱れっ放しという、一見奇異な風貌とも言える小村が小学生たちから慕われる図は、順平が想像しただけでも微笑ましい。

小村は湯舟から上がると、

「斉田さんなんかは、あまり長くここにいない方がいいかもしれないよ」

冗談とも何ともつかない言い方をして体を拭きながら出て行った。

順平は、小村の言ったのは珠江のことを暗示しているのかと思った。脱衣室で見た珠江の裸身はしばらく彼を悩ませもしたが、当の珠江が変に気にするふうでもないので彼も今では大分落ち着いている。むしろ、白くて丸っこい感じの珠江のきれいな体が、後ろ姿のままでいっそう愛らしいイメージとして心に残るようになった。

ここに長くいない方がいいなんて決めることはない、と彼は小村の言い方がむしろ不愉快だった。だが先日の黒尾の話を思い合わせれば、順平の思いも複雑な様相を帯びてくるのである。

その夜、順平の夢に華子が現われた。彼女は歓迎会の日に見たアンコ姿で黒い瞳を輝かせ、美しい唇が彼に向かって微笑んでいた。それはまったく思いがけない、一瞬の夢だった。

その後間島教頭は順平に対して、華子の件では何も言わない。順平には、白木を通じて華子にどう伝わっているのかもわからない。間島に聞けば何か答えるだろうが、それでかえって間島が気を回したりすると順平としては困るのである。

だが順平は今、自分が華子に強く引かれる気持ちのあったことを思い出した。しかもそれが珠江にはまだあまり感じないような、彼の心の深いところに根ざすような気がしてならなかった。言わば珠江は妹のような愛らしさであり、それに対して華子は大人の愛への可能性を感じさせたのかもしれない。それにもかかわらず、そういう華子への気持ちを表に出してはならないと、何者かが強く順平に命じているような気がするのであった。

八　釣り比べ

五月に入ると連続した休日がやって来た。それを待ちかねたように芦田は朝早く一人で釣りに出かけ、その日の昼過ぎには三好館に電話をかけて来た。定野と順平に是非来て欲しいと言うのである。

休みになったら夜明けに餌にする蟹を捕りに行って、そのままトウシキの磯に釣りに行く。もしよい獲物があったら二人を招待する、と一週間ぐらい前から芦田が言っていたのだ。定時制勤めの生活にも慣れてきてそろそろ退屈も感じ始めていたから、連休にはもってこいだとばかり、順平は定野と一緒に喜んで出かけて行った。

芦田は、元町の中心街から少しはずれた高台にある教員用住宅の一室に、一人で住んでいた。その住宅は独身者用で、三人入れる平屋が四棟あるのだが、小学校や中学校の独身者も入るからいつも空きがない。満杯のときは順平や定野のように、三好館その他周辺に存在する下宿屋に回されるのだ。

教員住宅は無用な飾りを一切取り払ったような、あっさりとしたアパート建築である。その代わり役所の建てた住宅だから、居住費が安いに決まっている。定野と順平が外に立って半ば羨ましげに眺めていると、

「まず、見てください、本日のこの釣果を」

台所とおぼしき狭い場所に入った芦田が言うので、見ると、床に敷いた新聞紙の上に大小三匹の魚が並べられている。どれも形からして鯛の種類と思われたが、順平には見覚えのないものばかりで、赤っぽいまだら模様の魚が二匹あるのがまず目を引く。

「その赤いやつは舞鯛で、大きな方は一キロ二百ある。黒いのは石垣鯛で、そのぐらいの型になれば刺身にしても結構いけます」

芦田は説明して、二人が感心するのを見届けると、早速大きい方の舞鯛を流しに持って行って水で洗い、まな板の上に載せると出刃包丁を握ってさばき始めた。釣り立ての魚で水炊きのご馳走をしよう、というのが芦田の招待の中身であった。

順平が横からのぞくと、

「いつもはこんなに丁寧にやらないいんだけど……」

などと言って、芦田は張り切って一心に包丁を動かしている。舞鯛のあとは石垣鯛の刺身も作ると言う。

六畳の部屋には大きなベッドがあって、夜具など積み上げた上に毛布がかけてある。残ったスペースの真ん中にちゃぶ台が置かれて、その上にガス台と大鍋が用意されていた。

窓枠の上の空いた壁には隙間なく、和紙を用いて作った魚拓が貼り付けられている。芦田が魚をさばき終わるまで、定野と順平はその魚拓を眺めた。ときどき芦田の方を振り返って感想を言ったり、釣り場を聞いた。

「大島にいるうちに、二キロ以上の石鯛を釣るのが僕の目的です。なかなか針にかかってくれない魚だけどねえ……、でも、やはり石垣鯛よりは石鯛です」

芦田が、そう言って朗らかに笑った。

「どうしてそんなに石鯛にこだわるんですか？」

順平が問うと、

「石鯛は何と言っても引きが強いし、形もいいからね、どうしても狙ってみたくなるんです。釣りの醍醐味《だいごみ》ですよ。それに食えばこれがまたうまいからね」

そう言って芦田はまた楽しげに笑った。

ようやく芦田が、石垣鯛の刺身をきれいに並べた皿をテーブルの上に運んで来た。ガス台にかけた素焼きの大鍋にはすでに湯が沸騰しているから、それに舞鯛の切り身を入れ、白菜やネギや豆腐などを入れて煮込む。切り身には骨付きもあり皮付きもあり、アラも混じっている。それが煮上がったら鍋から各々箸で小鉢に取って、酢醤油《すじょうゆ》にレモンを搾って入れた垂れをかけて食べる。そして冷や酒かビールを飲むのである。

順平には、魚の水炊きが新鮮な体験で、この島でなければ味わえないもののような気がした。東京に帰ったらこの野趣に富む味わいを、家で親兄弟たちに教えてやりたいと思った。

定野も刺身の白い身を箸で取りながら大いに感心して、

「芦田さんは魚のさばき方を誰かに教わったの？」

「いいえ、見よう見まねですよ。嫌でも覚えます。釣った魚は自分たちで食べるのが一番だから」

芦田の話によると、全日制の北という教頭が大の釣り好きで、もう一生大島を離れないと公言しているらしい。そのせいか全日制の教員には釣り好きが多く、折々釣り大会を催しては水炊きで酒盛りをする。釣った獲物の大きい順に賞品も出るのだという。芦田は北教頭が大学の先輩であるという縁もあって、その釣り大会に誘われたのがきっかけで病み付きになった。

「でも僕は定時制だから、昼間の人とは時間が合わなくてね、一人で釣りに行くことが多いんです。そのために車も買っちゃいました。だけど一人では行かない方がいいと、北さんにも言われているんですよ。それで、定野さんと斉田さんを是非とも釣り仲間に誘いたいという、これが実は本日のメインテーマなんです」

芦田はそう言って照れて見せた。

「こんな豪華な餌を見せられたら、誰でも食い付くよ」

定野が鍋を指差して愉快そうに言った。

「とにかくこれからしばらくの間、島は釣りにも何にもいい季節です。道具の方は割安で手に入れることもできます。竿の使い方は、ちょっと練習すれば大丈夫です」

張り切る芦田に乗せられて、天気もよさそうだからこの連休の間に早速三人で出かけようということになった。

翌日の午後、三人は港近くの釣具屋に行き、定野と順平は三段に分かれた釣り竿を一本ずつ借りた。繋いで一本にすると四メートル近くになる竿だ。二人ともそんな長い釣り竿を手にするのは初めてである。

それから芦田のライトバンの屋根に釣り竿をくくり付け、手始めに元町港の右手にある長根浜へ繰り出した。

長根浜は何百年も前の溶岩流が幾本とも知れず海に流れ出して、そのまま固まって残ったような、原始の海辺を思わせる奇観の地である。その巨大な海獣の胴体を思わせる真っ黒な溶岩流の先端に立って竿を振り、まず磯釣りの練習をしようというのであった。

「いやあ、いい天気だ。この長根浜も昔から釣りのポイントではあるんです。最近はあまり釣れないらしいけどね」

先に立った芦田が群青の海を見回しながら、後ろの二人に聞こえるように大声で言った。

巨大な溶岩の上に立って長い竿を振り、重りの付いた仕掛けを海に向けて投げるのはかなりの運動量である。芦田を手本にしながら、どうやらうまく投げられるようになるまでに、順平も定野も半時間ぐらいかかった。それから試しに、芦田の用意したゴカイという虫を餌にしてさらに一時間ほど竿を握って頑張ったが、結局何も獲物はなかった。それでかえって次こそはという意欲が高まった。

翌朝日の出前、定野と順平が潮に濡れてもいいような服装をして三好館の下に広がる弘法浜に出て行くと、すでに芦田の姿が浜の中ほどに立っていた。そこから少し離れた草地に、芦田の黄色のライトバンが入って来ているのも見えた。干潮の浜は広々としている。

昨日長根浜で別れ際に、釣りの餌にする蟹を捕るために朝早く弘法浜に集まろう、と言ったのは芦田である。それで順平は、芦田が弘法浜をいい浜だと言うのは、釣りの餌になる蟹を捕りやすいという意味も含まれていることを知った。

「あの辺りに行くと結構捕れます」

芦田が指差した辺りは、順平にも覚えがあった。岩の間をのぞくと、あのとき珠江も名を知らなかった小判型の虫が群がっている。順平が指差して訊くと、芦田は即座にフナムシだと答えた。

「フナムシは、この浜にたくさんいるようだけど、釣りの餌にはしないんですか？」

順平が重ねて訊くと、

「しなくもないけど、いい魚はかからないんで……」

芦田はそう言って笑った。

「ズワイガニも捕れるって聞いたけど……」

順平は珠江と探したことを思い出していた。

「小さいのがたまに捕れます。ズワイガニは上等な餌ですよ」

芦田が言った。

「斉田さんはいつの間にか、この辺りの浜に詳しくなったね?」

定野が不思議そうに言うので、順平が、

「この間ちょっと、珠江さんと散歩したことがあって……」

特別隠しておく気もないから言いかけると、

「あっ、そうだったのか」

と定野がのけぞるような格好をして、

「参った参った、斉田さんもなかなか隅に置けない」

まるで順平の抜け駆けを喜んででもいるようだった。

「定野先生、やられましたね。でもまだ上の娘さんがいるとか聞いたけど、どうなんです?」

芦田が興味ありげにからかうような言い方をすると、

「そうか、残りは一人か……。しかし残り物に福があるかどうか、疑わしいな」

定野はわざととぼけて言った。その顔にはどうでもいいという投げやりな表情も見て取れる。順平は定野と勝枝の間がだいぶこじれてしまったことを思った。

片田と大山がビール瓶を持ってやって来た夜の騒ぎのことで、その翌朝、勝枝は食堂に出て来た定野に念押しするようなことを言った。それが定野には気に入らなかったのだ。勝枝にすれば親しみも込めてきちんと言ったつもりが、定野には教員をしている者に対する思いやりのないきつい態度に見えたらしい。それ以来定野は勝枝に対して機嫌が悪い。

順平は定野の気持ちを一応理解しながらも、二人の間がどうなるかと何となく気にしていたが、定野の機嫌が直らないとわかってみると、しっかり者の勝枝がかえって気の毒になってくるのだった。

蟹は日の出前の干潮の時がもっともよく捕れると芦田が言う通り、その朝はかなりの数の蟹が手に入った。釣りの餌にする蟹は足を切り取って、大きめなのは胴体を二つに切って釣り針に付ける。ズワイガニは差し渡し五センチにも足りなかったが、捕った蟹の中では大きい方だった。

餌の調達を終えた三人が芦田の車で行った先は、波浮港の近くにある「キャンプ下」と呼ばれる磯で、その近くにはキャンプ場があるのだというが、磯釣りには適したよい場所である。

風もなく穏やかな日で釣りの気分は最高だった。だがいくら待っても魚は一向にかからず、岩と岩の間に突っ込んで固定させた竿の先を、いらいらしながら眺めて半日過ごした。

「天気がよ過ぎると、獲物がかからないことがよくあるんですよ」

芦田が何度もそう言っては、沖を眺めて悔しがった。

「いくら餌がよくても、相手がいなけりゃしょうがない」

定野は岩の上に引っ繰り返って言った。

「魚も気分よく遊び回って、こっちに気が付かないんですかねえ」

順平もそんなことを言って海を眺めていた。

昼のためにおかみさんに頼んで用意していった握り飯を食べ終わって、さてどうしようと定野と顔を見合わせたとき、順平の竿の先がびんびんと上下に振れた。順平が飛び付いて竿を握ると、両手に響くような強い手応えがあった。芦田がすぐに側に来て、

「慌てない慌てない、大丈夫、獲物がかかってる。リールを巻いて……」

と懸命にコーチをした。

青く輝く海面から躍り上がってきたのは、白地に鮮やかなオレンジの帯を何本も引いたような、体長三十センチほどの美しい魚だった。手元に引き寄せて順平が思わず感動の声を上げたとき、

「ああ、キサンチョウだな」

芦田のつぶやく声がして、

「こいつは大体、釣り大会じゃ外道《げどう》なんだけど、そのくせ結構引きが強いんです」

キサンチョウはタカノハダイの一種とも言われ、色鮮やかな縞《しま》模様だが、あまり食用にはならない。外道と言われて順平は少しがっかりしたが、初めて釣り上げる手応えは十分に味わえた。

それから間もなく、今度は定野が大声を上げた。

定野の竿が大きくしなっている。芦田も駆け寄って定野にコーチをし始めた。いかにも大物のようで順平も緊張して見ていた。

やがて上がってきたのは大きな蛇のような魚で、岩の上に下ろすとすぐに釣り糸に絡み付いてぐるぐると身を丸めた。

「うへー、ジャウナギだ」

芦田ががっかりしたような声を出した。

ジャウナギとはウツボのことで、これがかかると大抵釣り糸を一本駄目にしてしまうので、釣り人からは目の敵にされているという。

その獰猛《どうもう》そうな顔付きをのぞき込んだ定野が唸るような声で、

「こいつはいったい、食えるのかねえ」

と言うと、芦田は笑いをこらえて言った。

「垂れを付けて蒲焼きにすると結構いけるそうですよ、本物のウナギには敵《かな》わないらしいけど……」

針をくわえ込んで必死に身をもがくジャウナギを、定野はなおも残念そうに眺めていたが、やがてその獲物を仕掛けの糸ごと海に向かって蹴り込んでしまった。

順平も、キサンチョウは食べてもまずいから持ち帰らないと芦田が言うので、惜しい気はしたものの海に放り込んでしまった。すっかり弱ったキサンチョウはオレンジ色の縞模様を見せて海中に漂い、次第に底深く沈んで行った。

この日はとうとう夕方まで頑張り、定野も順平も目指す獲物をようやく一匹ずつ釣り上げた。いずれも小型の舞鯛であったが、釣り上げるときの海中の赤い舞い姿も目に収めて、一応の満足を得た。師匠格の芦田はさすがに中型の舞鯛を二匹釣り上げ、まずまずといった顔付きであった。

早速その日の夕方、三人が芦田の部屋で舞鯛の水炊きをたっぷり味わったのは言うまでもない。


梅雨の時季には大島も雨が多く、晴れない日が続くと湿気の多さには耐えられないほどだ。順平の部屋は特にそうで、薄暗い上に畳は湿気を含んでべたべたしてくるし、洗濯したシャツは乾かないままカビが吹いたりする。さすがに順平も下宿を替えたいと痛切に思ったが、まだ来たばかりだからそう簡単に口に出すわけにもいかなかった。

順平が廊下に紐を釣って干した洗濯物を珠江が見て、

「二階の方が乾くから、持って行って干してあげようか、先生」

と言ったが下着類など頼むのはさすがに気が引けた。シャツやズボンなど頼むと珠江は抱えてさっさと二階に持って行き、彼が夜帰ると畳んで部屋に戻してあった。

もっともそこまですべて珠江がやったのかとなると疑問で、ひょっとするとおかみさんではないかと順平は想像した。彼が一度おかみさんに礼を言ったら、おかみさんはただ曖《あい》昧《まい》に笑っただけだった。

珠江は定野に対しては決してそういう世話を焼こうとしない。このごろは定野の気付かぬように順平に対して妙に気を遣っているようで、順平は少し閉口気味であった。珠江のすることの背後にいつもおかみさんがいて、珠江はただ指図される通りにしているようにも見え、彼は不愉快な気もしていた。

休日でなくても雨さえ降らなければ、いつもの三人が気の向くままに誘い合っては朝早くから釣りに出かけたが、曇天の日の海は釣果も乏しく、釣りの興味も失われそうであった。

すると芦田は、

「今ごろの舞鯛は柔らかな海草を食うので、おもしろい釣りができるそうです」

と、どこからか聞いてきた「ハンバ釣り」というのをしようと、定野と順平に提案した。

ハンバというのはワカメに似た海藻のことで、この時季の舞鯛はこのハンバ海苔《のり》を食う習性がある。それを利用して、磯に付いたハンバ海苔を取って針に付けて舞鯛を釣ろうというのである。

三人はフード付きのヤッケを着て多少の雨も厭わず、近場の磯へ二度ほどそのハンバ釣りに出かけた。だがついに一匹の当たりもなく、意気消沈して帰るばかりであった。くたびれた顔付きで出勤して来た三人を見て、岩松がささやいた。

「こういうときは、麻雀かなんかやるのもいいんじゃないですか？」

この時機を得た誘いに遭って、順平も麻雀をマスターすることになった。場所は芦田の下宿がもっとも好都合だった。岩松はだいぶ前からそこに狙いを定めていたらしい。麻雀の道具は岩松が持参した。

岩松以外の三人は初心者同然で、岩松がもっぱら麻雀の手役を教えたり、点数の計算もしなければならなかった。それでも岩松は、麻雀をする相手を身近に得たのがうれしいらしかった。他の三人も次第に覚えて熱中し出し、島で暮らすのにはそれが格好の退屈しのぎであることを知った。

ところが、壁一つを隔てて芦田の隣に住む人から苦情が出た。その人は中学校の教員をしていて、夜遅くまで麻雀をやるのは控えてくれないかと言って来たのである。

そこで定野が三好館でやろうと言い出した。自分の部屋は離れだから大丈夫だというのだ。すると岩松が心配そうに言った。

「三好館は、おかみさんの死んだ亭主が麻雀好きだったけど、娘たちが麻雀を嫌がったんですよ。おかみさんはさばけた人だが……」

だが定野は、何を考えたのか、夜帰って順平と食事をしているとき、給仕に出て来た勝枝が側にいるのを承知の上で、部屋で麻雀をしようという話をした。

すると勝枝が急ににこにこし出して、

「わたしも麻雀なら少しやったことがあるの。定野先生とお手合わせしてもいいわよ」

「あ、そうだったの……」

定野は目を丸くした。勝枝のその返事は彼の想定外であったのだ。岩松の話に反して勝枝は最近麻雀に興味を持ち始めたらしい。

ところがそこへ出て来たおかみさんがこう言った。

「すいませんが、麻雀をお部屋でやるのはやめてくださいよ。小村先生もいらっしゃるし、他の部屋に迷惑なので……」

食事を終えて部屋へ戻るとき、順平の前を行く定野の苦り切ったように舌打ちをする音が聞こえた。おかみさんの言うことはやむを得ないとしても、勝枝がなおも定野の気を引こうとしている事実に、定野は困惑したのだ。順平は順平でまたしばらくの間、定野と勝枝がどうなるかとはらはらしながら見守ることになった。

その後彼らが麻雀をする場所は、結局もとの芦田の部屋に落ち着いた。毛布を重ねてその上でやれば麻雀パイの音が抑えられる、と芦田が誰かから聞いて来たので、そうすることにしたのである。

芦田が押し入れの奥から出してきた毛布は少し汗臭かったが、岩松が「背に腹は替えられぬ」と言い、取りあえずそれで我慢することにした。芦田は、その毛布を近いうちに洗ってきれいにすると約束した。

九　家庭訪問

ゴールデンウイークの休みがあったにもかかわらず、順平が東京の親元に音沙汰なしなので、とうとう母親の時子が電話をかけてきた。

電話は厨房の内側にある。知らせを受けた順平が食堂に行くと、おかみさんが急いでコードを引いて来て黒い受話器を手渡した。

「今おかみさんからちょっと伺って、順平が毎日元気で勤めに出ていると聞いて、安心したけど……」

順平が受話器を耳に当てると、時子の声が聞こえた。

「こっちは皆元気で変わりないけど……。大島なんていうと海の向こうだから、すごく遠いような感じもするし、毎日何をしているのかと思ったりして……」

時子があれこれ話し続けるのに対して、順平は短い応答を繰り返していたが、それだけでは母親が気の毒になった。三好館ではおかみさん始め皆よくしてくれるので心配ないと言い、この間は磯釣りをして来たがそのうち手紙を書くからと言った。

すると時子は感動した様子で、

「他の先生と一緒に海に釣りをしに行ったの？　それはよかったわねえ……。海に落ちたりしないように気を付けてね」

そう言ってようやく電話を終えた。

順平が受話器を置くと、すぐにおかみさんが障子を開けて顔を出し、満面の笑みで、

「よいお母さんのようですね、斉田先生……」

と何かもの問いたげな様子だった。

順平は顔が火照《ほて》るのを覚えた。彼はおかみさんに一言礼を言っただけで食堂を出て来た。部屋に戻ると、机の下に足を突っ込み仰向けになって天井を眺めた。

受話器を通して聞いた時子の声が頭の中に残っていた。それは彼の聞き慣れた母親の声に違いなかったが、くどくどとまとわり付くようで際限がなく、何だか別の世界から届いた声のようであったのが不思議だった。

ふと、母親とはそういうものなのかもしれないと思った。すると、今まで親にはろくに連絡しなかったことを反省したくなった。自分は父親に対抗する気で意地を張っていただけではないかと思った。

翌日、順平は新しい便箋と封筒を買い込んで来て手紙を書いた。それまでの無沙汰を認め、学校勤めが始まってからの経過を簡単に書いた。定野や芦田を始め同僚となった教師たちのことにも触れた。釣りや水炊きのことも書き加えて、毎日が充実していておもしろいということを強調した。

宛名には父修平と母時子と両方の名を記すことにした。そんな宛名で親に手紙を送るのは初めてであった。

一週間ほどして順平のところへ修平から手紙が来た。父親から返事が来るとは思っていなかったので、順平はびっくりした。彼は自分の部屋で机に向かい、電気スタンドの下でその手紙を開いた。

長く教職にあった修平は、順平の手紙を見て安堵した時子の様子を伝えながらも、順平が定時制の勤めであることを心外に思っているらしく、昼間磯釣りなどをして遊んでばかりいては駄目だ、とかなり手厳しいことも書いていた。まるで、全日制に比べて定時制教師は格下だと決め付けているような調子であった。

それにしても、と順平は考えてみた。相川校長を始め彼の周囲の人たちの言動の中に、全日制の方が格上であるという意識は確かにあるようだ。歓迎会の席で間島教頭始め皆が全日制に対抗意識を燃え立たせたのも、そういう意識上の格差が根にあるからだ。「島流し」などと言って不平不満を口にしてはばからない間島教頭は、その最たるものかもしれなかった。

ともかく大島に来て三ヵ月近くになり、順平も学校勤めの仕事に慣れて大分余裕が出てきた。だが授業そのものについては試行錯誤の連続と言ってよかった。生徒はおとなしい限りなので、それで満足していては駄目だと彼は大真面目に考えていた。

授業で順平を困らせる生徒と言えば、その最たるものは三年生の片田喜一と大山剛で、この二人は桁違《けたちが》いであった。夜中の三好館にサッポロジャイアントを持ってやって来たときの印象が強烈で、学校でどんな態度をするのかと順平は半ば恐れてもいた。だが二人とも欠席が多く、出て来たために普段の授業に支障があるというほどのことはない。とにかく彼らは、たまに学校に出て来て教師と顔を繋いでおけば、自動的に高校卒業の証明書がもらえると思っているらしい。

珍しく片田が授業に出て来たとき、教科書を前に置いてきちんと着席しているので順平が感心して、他の生徒同様に片田にも国語の教科書を読んでもらおうとしたところ、

「えっ、俺？」

片田はきょとんとして、

「いや、いいよ、今日は……」

と、何かとんでもないことを言われたような顔をして、とうとう読まなかった。

片田はその前日に学校に現われたのだが、酒臭かったので、担任の定野と間島教頭から即刻帰宅して出直すように諭されたのだった。

大山は教室に来ていても見物に来たというような態度に終始して、何かというと人なつっこい笑顔を見せて順平を世間話に引き込もうとした。

定野や黒尾にそういう話をしても笑い話になるだけで、順平もあまり気にしないようにする他はなくなった。

帰りのバスを降りて三好館まで歩きながら、定野が順平に言った。

「僕は大山や片田の職場には、もう何回か行きました。教頭には特に言ってませんがね。とにかく彼らを卒業させるには、学校に出て来るようにさせなければならんから」

定野はそう言って笑い、

「まったくいい歳をして世話が焼けると言いたくなるが、しかし片田も大山も、人間としてはいい奴らですよ」

人間としていい奴らだから卒業させてやる、というのが定野の考え方らしい。順平はうなずいて聞いていたが、納得できたわけではなかった。自分はまだ定野のような対応はできないとも思った。


ある日、定野と順平が出勤すると、岩松が追いかけるようにして職員室に入って来た。

「何だかずいぶん長く、教頭さんが校長室に入ったまま出て来ませんよ」

岩松は驚いた顔で定野に言った。

椿山ホテルの歓迎会のときに教頭が校長に話す約束をしたことはどうなったのかと、黒尾と定野が間島教頭に問い質したのは一昨日のことだ。それが定野の頭にぴんときた。

「教頭に文句を言ったことが、効いたのかな」

定野がつぶやいた。間島教頭も島に来て四年目だから案外度胸を据えてものを言うかもしれない、と黒尾も言う。それで皆、普通ならごく短時間で打ち合わせを済ませるのに、あの教頭が相川校長とどんなやり取りをしているのか、と興味津々の雰囲気になった。

やがて、廊下に足音がしてドアが開き、間島教頭が戻って来た。六人の部下が席に着く様子を、間島は余裕ありげに見回してから口を開いた。機嫌がよさそうである。

「今日は校長室で定時制の要望など言って、大分いろいろ話して来ました。相川校長は、定時制のご苦労はよくわかるので、今後も十分配慮すると約束しました。歓迎会に出席できなかったのも申し訳なかったと、皆さんに謝っていましたよ」

話すことはそれだけなのかという顔で、皆一様に間島を見た。

「今後も十分配慮する、ですか？　それじゃ今までと変わらないみたいじゃないですか」

黒尾が言うと、定野も、

「この次からは校長も、定時制の歓迎会や、成績会議にも出席するということですか？」

左右から直ちに突っ込まれて、間島はちょっと表情を硬くしたが、

「あの校長が、ああいうふうに答えただけでも、私は大変な進歩だと思うんで、今回はこんなところでいいじゃないですか」

そこは老獪《ろうかい》な笑いに紛らせてうまく誤魔化してしまった。

「結局、間島さんは校長と長話をして、うまく取り入って来ただけじゃないのかなあ。自分の栄転のこともあるし……」

と黒尾が隣の順平にささやいて、

「公私混同だよ、ああいうのは……」

低く笑った。

校長の意を汲んで部下の不満を鎮めるのも教頭の役割なのだが、それだけでは何事も起こりはしない。離島脱出を切望する間島が校長に取り入る機会をねらうのはわかるにしても、そういう間島に対する個人的な同情は別問題だと黒尾は言うのだろう。

順平も黒尾のこういう言い方がわかるようになり、次第に学校の中の仕事や人間関係が見えてきた。同時にまた順平としては、上司である間島教頭と仕事上の信頼関係を築くように、彼自身も努力する必要があった。

順平が担任する二年生はたった七人だが、それでも彼を悩ませる問題はあったのだ。山木健一という生徒は、一見明るい子だが落ち着きがなく勉強に集中しない。水沢三代子という生徒は、利発そうな目をしているが勉強をする気力がないようだ。二人とも家業は農業となっていて、昼間は家にいて親の手伝いをするという。順平はどういう家庭なのかと気になっていた。

こういう場合には担任する生徒の家庭訪問をすべきなのではないか。そう考えた順平は、隣の席の黒尾が四年生担任なので相談してみた。

「僕はあまり家庭訪問などはしていないんだけど……」

と黒尾は困ったような顔をして頭を掻き、珍しく曖昧な返答に終始した。

そこで順平は間島教頭に相談した。始業前であったから職員室には定野たちもいた。

順平の説明を聞いた間島はしばし考え、やがてこう言った。

「夜の生徒は昼間の生徒と違って、想像以上に、様々な事情を抱えています。公費の補助を受けてやっと学校に通っているような、極貧家庭の子もいます。それを我々教員が知っても、どうすることもできないんです。斉田先生は、そういうことが、まだあまりおわかりではないでしょう?」

間島は椅子の背もたれに寄りかかって、いつもの皮肉っぽい目で順平を見た。順平が当惑して黙っていると、間島は順平の持参した生徒の成績表を手に取って、

「この状態なら親と会うほどのことはないと思いますが、先生がどうしても指導上心配な生徒がいるとおっしゃるなら、家庭での生徒の様子を見るということで、夏休みの間に何人か訪問してみてもいいですが……」

間島の言い方に順平は少々不満も感じたが、自分が新米教員であることを思えば、教頭の言うことを聞いて考えてみる他はなかった。そして結局、山木健一と水沢三代子の二人について家庭訪問をして親に会ってみることにした。

まず山木健一を呼んでその予告をし、彼の家に行く道順を確かめた。すると健一は順平に答えながらも、妙に緊張した様子で順平を見ていた。

一方水沢三代子は、順平の話を聞きながらただ無表情にうなずくだけだった。そして最後に強い視線を順平に向けて、

「先生、来ちゃ嫌だ。来ないで」

そう言ってくるりと身を翻し、向こうへ行ってしまった。そんなふうに担任教師に反発する三代子を見たことがなかった。

順平は衝撃を受けたが、そうなると余計に彼らの家の様子を見に行かなければならない気がした。

夏休みに入った最初の日に、順平はまず山木健一の家を訪ねに行った。バスを降りてから山道のようなところを分け入らなければならなかったが、意外に見付け易かったのは道が一本道で他に家がないからだ。山間の窪地を切り開いたところに木造の平屋が大小二軒並んでいて、その向こうに畑が見えた。

大きな方の平屋は牛小屋か馬小屋のようだが、中は暗くて動物の気配もない。その入り口の脇で、順平は健一の姉に出会った。

「健一から先生が来ると言うことは聞きましたけど、健一はお昼前に出て行った切り、どこへ行ったかわかりません」

姉は困惑した様子で話した。顔は浅黒くもんぺ姿の体はひどく痩せて見えるが、声は細くともしっかりした話しぶりである。歳は健一より三つ上だという。

「母はいないんです、多分長野の田舎に行ったんです……。父はいますけど、昨日健一をひどく叱ってから何も言いませんので……」

そのとき、牛小屋の奥の方で物音がした。やがて建物の中から現われたのは、頭を丸刈りにした五十絡みの大柄な男だった。

「父です……」

健一の姉は急におどおどしたような目をして順平に言い、男に向かって健一の担任の先生が訪ねて来たことを告げた。

男は順平を見ると、まるで威嚇《いかく》するように睨み付け、二、三歩つめ寄って来た。順平は今にも男が摑みかかって来るのではないかと思った。しかし男はすぐに背を向けて畑の方へ行ってしまった。

「すみません……」

姉の顔が悲しげに下を向いた。何かに必死に耐えているように見える。

順平は健一の普段の様子を聞いてみようとしたが、姉はなかなか詳しいことを言おうとしなかった。そして最後にこう言った。

「先生にせっかく来ていただいても、そのうちに父は、ここを諦めて大島から出て行くと思います。そのときは学校に知らせると思いますが、わたしと健一も連れて長野に帰るつもりですから……」

この一家は長野県からこの大島に出て来たのか。順平にはそれが何年前でどういう意味を持つのかもよくわからなかったが、この姉の必死にものを言う顔を見ていると、それ以上問いつめる気になれなかった。何かいたわりの言葉をと思ったが、通り一遍のことしか言えなかった。順平は歯がゆい思いに駆られながら山道を下って行く他はなかった。

水沢三代子の家は健一の家とそう離れてはいないはずだった。三代子がどんな家に住んでいるのか、それだけでも見たいと思い、順平は頭の中の地図を頼りに美代子の家を探した。しばらく行くと、向こうの大木の陰に物置小屋のような建物がある。近付いてみると、子供が二人、ござの上に寝ころんでいた。畳はないらしく、破れたござの端が土間にはみ出している。奥の方に髪を乱した女がいて、それが母親らしい。

順平が立ち尽くしていると、家の脇でかがみ込んで何かしていた女が不意に立ち上がってこちらを見た。頭に手ぬぐいを被っていたが、順平はそれが三代子ではないかと思って二、三歩前に出た。すると女は素っ気なくもとの姿勢に戻ったので、彼は人違いかと思い、仕方なくそのままにして引き返して来た。

それから藪の中の細い道をしばらく歩いて、ようやくバス通りに出た。順平が三好館に戻ったのは、夏の長い日が落ちて空が赤く染まるころだった。

定野の部屋に岩松が来ていた。岩松に言わせれば、学校が閑散としてしまう夏ほど退屈でやり切れない季節はないという。定野は岩松から麻雀の誘いを受けて、その返事をするために順平の帰りを待っていたのだ。

順平は返事をする前に、山木健一や水沢三代子の家のある辺りがどういう地域なのか、取りあえず岩松に聞いてみた。

「あんな方へ行ったんですか。よく行きましたね」

岩松は驚いた顔をしたが、あの辺りは新開地といって昔から開拓農民の家があったところで、今はどうなっているかよくわからないと話した。

「昔の新開地か。まだそういう開拓農民がこの島にいたんだね」

定野が言うと、

「もう、それもだんだんいなくなっていますよ。この島の土地じゃ、とてもやっていけないんでしょう」

岩松はそれ以上言いにくそうな顔をして黙った。

結局、順平が渋ったために麻雀は成立せず、岩松は諦め顔で三好館を出て行った。

順平の頭の中には、健一の姉の悲しげな顔がいつまでも消えずにあった。そうして、家庭訪問の話をしたときに「先生来ちゃ嫌だ」と言って彼を拒否した三代子の顔を思い出した。畳もなく破れたござを敷いただけの壊れかけた家が三代子の家であったのか――。

夜になってから順平は定野の部屋に行って、山木健一の家の様子を詳しく話した。担任教師としてできることは何なのか、定野の意見を聞いてみたかったのだ。

定野はちょっと考えたあとでこう言った。

「そこまで見て来たのなら、今はそれでいいんじゃないかな。その先どうするかは親の考えることでしょう。学校には引き止め策はないんですよ、斉田さん。あとは夏休み後のことにした方がいいと思うな……」

夏休みに入ったのだし、気分転換をする方がいいと定野は言うのだった。

順平は、彼ら生徒が学校へ来ようとする気持ちがある限り、精一杯迎えてやるのが教師の第一の務めということなのだろうと考えてみたが、それですべてが納得できるわけでもなかった。

十　華子

数日経つうちに定野は福岡へ、芦田も埼玉へとそれぞれの郷里へ帰って行った。順平は三好館に一人になっても、何となく気が残ったようで島を出る気にならなかった。彼はおかみさんに、学校の仕事が残っているので東京の家に帰るのは少し延ばすと言った。

定野は順平が一緒に船に乗らないと知ったとき、順平と珠江の間に何かあると誤解した様子で、これには順平も返事に困った。だが実際、珠江は夏の観光客を迎えるために毎日忙しいようだった。

夏の大島は海風が心地よく、明るくて過ごしやすい。湿気はかなりあるが、晴れてさえいればそれも大して気にならない。

朝降っていた雨が止んでからりと晴れたので、順平は午後早めに学校に出た。夏休みに入った学校は静かだ。事務室にいた岩松が廊下に出て来て彼に言った。

「間島教頭は今朝の飛行機で東京に帰りました。私が飛行場まで送って行ったんです。八月の十日過ぎにまた戻って来るそうですよ」

それから岩松は麻雀の手付きをして見せて、学校が始まる前にまたゆっくりやりたいねえ、と順平に言った。

順平は教頭がいないとわかると妙に虚しかった。教頭に家庭訪問のことを報告し、自分なりに言うべきこともあるつもりだったのだ。彼はやり残していた仕事を少しやって、自分の机の上を片付けてから学校を出た。

帰りはバスに乗らず、山や海を眺めながら歩いた。風も穏やかで、夏の客の入った元町は賑わっているが、定野も芦田も、そして間島教頭もいないと思うと、順平にはまた別の静かさが感じられるのだった。

順平はそのまま真っすぐ三好館に帰るのはやめて、山側の方を大きく迂回して歩いた。バス通りから離れて細い道をたどって行くと、頂きからうっすら煙りを上げた三原山が木の間隠れに彼を追っているかのようだった。

気が付くと、濃い緑の葉の生い茂った椿の木が幾本となく彼を取り囲んでいた。海の方から吹き付ける風に耐えた堅い葉が真夏の日に光る椿の群れであった。

順平は、椿の下の雑草に覆われた道の端に立って汗をぬぐった。久し振りにすがすがしい気分を感じた。

そのとき、右手の方の一際幹の太い椿の陰から人が現われた。黒い髪を肩の辺りに靡《なび》かせた若い女だ。順平ははっとして女の顔を見つめた。そのつぶらな黒い瞳に覚えがあった。

女も立ち止まって彼を見、口元がわずかに微笑んだようだ。

「ああ、あのときの……」

順平は二、三歩進み出て言った。華子さんですね、という言葉がうまく口から出てこなかった。

「この辺りにお宅があるんですか？」

言いながら順平はなおも近付いて行った。

「はい、もう少し行ったところですが……」

目を見張っていた華子がようやく、順平の歩いて来た道の先に目をやって答えた。そのもの柔らかな声にも順平は覚えがあった。

華子は物怖じしたようになおもそこに立っていて、半袖の黄色いブラウスから出た白い腕が順平の目を捉えた。下はジーンズのスカートを着た普段着らしい姿だ。

「椿山ホテルはこの近くでしたっけ？」

「はい、その向こうに見える青い屋根です」

彼女が言って振り返った方向に、椿の葉の間を透かして青い瓦屋根の連なりが見えていた。近頃のホテルにしては洒落《しやれ》た造りの建物なのだ。

順平は、自分が元町の外環をぐるりと回るようにして、学校と反対側の方に来ていることを知った。

「先生はどこかへお出かけですか?」

華子が急ににこやかな表情を見せて言った。それは順平を客扱いする愛想笑いに見えた。順平は何となく気楽な気分に誘われるのを感じた。

「ええ、ちょっと散歩に出たんですが、もう少し行って海の見晴らせるところに出たら戻ろうと思って……」

順平が言うと、華子は戸惑ったように笑った。彼がたいして見当も付けずに歩いているのがわかったからだ。

順平がそれとなく誘うようにして歩き出すと、彼女も付いて来た。道は山裾を縫って進む緩やかな勾配の道で、至るところに丈の短い草が生えたままである。

「今日はホテルの仕事はもう終わりですか?」

「はい……。でも私はホテルの売店のお手伝いをするだけなので……。アンコさんのお仕事は梅子さんの方が上手なんです」

と言って華子は顔を赤らめた。

順平は歓迎会の席で見たときの、華子のもの慣れない態度を思い出した。

同時に、華子を引き合わせたのは選挙絡みの画策だという話も思い出した。だが、あのときも華子の態度はそのような画策めいたものを少しも感じさせなかったし、今もそうだ。

「海の見晴らせるところと言っても、この道は山の方に入ってしまいますよ」

華子に言われて順平が止まりかけると、

「先生、くさやはお好きですか?」

不意に問われて順平は驚いた。

「ええ、多分……」

順平が自信のない答え方をすると、華子は笑いをこらえるような顔をして、

「すぐそこに、私のよく知っているくさやの作業場があるんです。よかったらお見せしますけど……」

と思いがけないことを言った。順平はくさやの干物を作る作業場と聞いて興味も覚えたので、華子に案内してもらうことにした。

彼は芦田の部屋で麻雀をしたとき、芦田が焼いたくさやを肴に酒を飲んだことも何度かあって、その独特な香ばしい味もわかるようになった。

くさや製造の作業場は雑木林の中にひっそりとあり、太い柱を使って頑丈に作られた木造の古い小屋だった。華子に訊くと、彼女の父親が資金を出して親類の者が仕事に従事しているのだそうで、彼女の家は今も農業を営んでいるという。入り口の脇で年の寄った男が一人で何かしていたが、華子が駆け寄って一言二言いうと、男はすぐに引き戸を開けた。そして華子の後ろから小屋に入ろうとする順平に丁寧な礼をした。

小屋に入ってみると、順平が想像したような強烈なくさやの臭いはほとんどない。部厚い板で作られた大きな箱のようなものが並んでいて、華子が蓋の一部を開けて見せるので順平が中をのぞくと、どんよりとした液状のものが溜まっていた。鼻を突いて来た臭いによって、順平はすぐに鰹《かつお》のはらわたの塩辛を想像した。

「魚をこの液に漬けて日に干すんですが、それを繰り返してくさやができるんです」

魚はアジやトビウオの開きで、本当は一晩漬けるのだが、このごろは漬ける時間を短くしている、その方が一般に好まれるからだ、とも華子は説明した。

「これは、何の液ですか?」

「魚の内臓を溶かした一種の塩汁です。わたしも詳しくは知りませんが、この液が家宝のようなものなのです」

華子の説明は余計なことを一切言わず、終始落ち着いた態度だった。作業場の案内や説明をすでに何度か経験しているようでもあったが、その様子には家業を重んじる気持ちも自然に表われている。

小屋を出て歩き出してから、何気ない様子で順平が聞いた。

「あなたがお父さんのあとを継ぐんですか?」

すると華子は初めて臆した表情を見せた。

「いえ……。わたしの家には畑もあるので、家業は兄が引き継ぐと思います。わたしは多分、お店の方をもらうんです。くさやの他にお土産品を売っています」

「お父さんはお店も持っているんですか?」

「はい……」

華子は頰を赤くして答えた。将来店を持つということに望みをかけているようだった。

その店の場所を聞いて順平は、港からやや離れたところにある小さな雑貨屋のような店の存在を、おぼろげながら思い出した。

作業場に通じる細い道を抜け出て再びもとの道に出た。華子の家はその道を右に向かって山の方に少し入った辺りにあると言う。

順平は木々の間を透かして山の方を眺めてみた。すると華子が、

「わたしの家に来てもらっても、何もできないんですけど……」

と当惑した様子で言った。

順平が慌てて、訪問するつもりのないことを言うと、華子は妙にしゅんとなって黙った。

「あなたは、大島週報の白木さんを、よくご存じなのですか？」

順平は思い切って聞いてみた。木々に囲まれた道のどこにも人影はないので、彼は少し華子と立ち話でもしたかった。

「いいえ、ホテルの支配人の人が親戚なので、その関係で父もあの人を知っているんです。それだけなんです……」

華子は懸命に否定して見せようとした。

「白木さんは今度の町議会選挙に立候補するんだそうですね」

「はい、父もあの人を応援するつもりのようですけど……」

華子は順平の顔を見つめておずおずと言った。

「僕も、もし選挙の投票に行ったら白木さんに一票入れてもいいですが、しかし……」

順平は華子に向き直って言った。

「僕は教員で、東京に家があるから、何年かすると都内に転勤することになるんです」

「はい……」

「だから……」

「わかっています……」

華子は真剣な表情で彼を見、うなずいた。その顔が次第に赤く染まっていった。

「どうぞ、心配しないでください。わたし、前から自分でもわかっていましたから……」

彼女の目が潤んでいるように見えた。

順平は慌てて前を向いて歩き出そうとした。自分が何を言おうとしたのかもわからず、頭の中が混乱しそうだった。

「わたし、こっちの道を行きますから……」

不意に彼の後ろで華子の声がした。彼が振り返ると、彼女は山へ入る方の道を背にして立っていた。

「そうですか……。今日はどうもありがとう」

順平が言い、二人は交互に頭を下げた。

順平は、またどこかで会いましょうと喉元まで出た言葉を飲み込んだ。もっと何か別れの言葉を言いたかったが、言うべき言葉が見付からなかった。

華子は身を翻し、覆い被さるような木々の陰を足を速めて去った。

華子と反対の道を、順平は夢中になって歩いた。自分がひどく不自由な、つまらぬ男であるような気がして情けなかった。

気が付くとまた椿の間の道に来ていた。彼は、来るとき華子の現われた辺りに目を止めて、一際大きな椿の木のたたずまいを目に収めた。ここに来ればまた華子に会えるという思いが頭をかすめた。それから彼は椿山ホテルの脇を通って三好館まで歩いた。

明日は船に乗って東京の家に帰ろうか。三好館に戻った順平は部屋の真ん中に寝ころんで考えた。華子に会って、そして別れて、それをきっかけに東京に帰るのもよいと思った。

いやそれどころか、こうしてじっとしていると、何もかも置いてしゃにむに島を出て行きたくなりそうだ。そう思ったとき、また、別れ際の華子の顔が浮かんで来た。

なぜ華子と付き合うことさえしなかったのか、と彼は今更ながら自分を責めた。選挙絡みなどという話がなければ、もう少し素直になれたかもしれないとも思った。


夕食のとき、食堂で小村と一緒になった。

「僕は大して帰るところもないので、学校に行って子供たちと遊んだりしながら、もうしばらく島にいますよ」

小村は屈託なく言った。順平が、今日歩きながら見た三原山はきれいだったと言うと、

「今の時季の三原山なら、どういうコースでも楽に歩けます。せっかくここにいるんだから、一度登ってから帰ったらどうです？　話の種にもなりますよ」

と言って、順平にいくつかのコースを詳しく話し、復路は北側の砂漠を下って大島公園に出るコースがすばらしいと言う。そうしていつの間にか大島の岩石や生物の話になり、なかなか話が尽きない。途中で顔を出したおかみさんが、順平に気の毒そうな表情を見せてすぐ引っ込んだ。一度自分の話に夢中になり出すと、相手に構わず長くなるのが小村の

欠点かもしれなかった。

順平は大島に暮らすようになって四ヵ月になるが、まだ三原山に登ったことがない。釣りであちこちの磯に出かけて、下から三原山を仰ぎ見て満足していたのだ。バスを使えばいつでも行けると思っていたせいもある。

この機会に登ってみよう、そう思って順平は大島の地図を広げて見た。日本地図で見ればごく小さな島に過ぎない。その楕円形の島のほぼ中央に三原山の頂上の印があり、周囲には砂漠も広がっている。案内書を読むとどのコースでも難なく歩けそうだ。

だがいくら夏は風があって爽やかな日が多いと言っても、真夏の太陽の下で一人で砂漠を歩くのはごめんだと思った。

翌朝順平はおかみさんに頼んで昼飯のお握りを作ってもらい、最も山頂に近いという野《の》増《まし》から登るコースを取ることにした。野増は元町の隣の部落である。距離的に見ても昼前には登れそうだった。

三好館を出るとき、おかみさんは、順平が本当に歩いて登るのだと知って心配しだし、

「気を付けて、先生」

と何度も言った。順平は笑いながらおかみさんに手を振った。

バスで野増まで行き、そこから山道に入った。登り始めると、常に三原山頂の眺めが目の前にあるせいか、さほど難儀することもなく外輪山の茶屋に着いた。そこからさらに砂漠の荒れた道を歩いて頂上に到った。

火口を一巡りし、立ち止まって火口の中をのぞくと、飛び込んで自殺しようとする人の心理状態がわかるような気がした。死ぬなんて案外簡単なことかもしれない。そんな想像にしばらく浸って、順平は火口の縁に立ったまま我をも忘れた。

元気な子供の声がして、順平は我に返った。若い男の教師が先頭に立って十数人の中学生を従え、彼の後ろを通り過ぎて行った。

復路は南側の波浮港を目指して下るコースを予定していた。距離は長くても変化があって、おもしろそうなコースに見えたのである。だが波浮に向かうコースを行く人の影は皆無で、砂と岩石に覆われた斜面が静まり返っていた。順平は初めは少し躊躇《ちゅうちょ》したが、やがて意を決して歩き出した。何かしら一気にやり遂げてみないことには、自分を信じられないような気がしていた。

波浮の方角を目指し山頂を背にして下りかけたとき、右手遥か彼方に海の縁を彩る森の影が続いているのを見た。野増から元町にかけての辺りではないかと順平は気が付いた。

華子の家はあの森のどこかにあるに違いない。彼女はあの森の辺りで椿山ホテルや小さな土産物店との間を行き来して、これからも暮らしていくのだろうか――。

ふとそんなことを思った。昨日会って別れた、華子の慎ましい姿がいとおしかった。

順平の前に展開する道は岩も草木も荒れて、乾き果て、寂しい限りだ。彼は山の斜面を何度も転げそうになりながら下り、靴の潜り込むのに難儀して小さな砂漠を進んだ。

ようやく向こう側に木や草の緑を見渡すところに来ると、その手前の岩場が彼を阻んだ。山の斜面から眺めたときはどうということもなさそうに見えたが、いざ越えようとすると岩の凹凸が激しく、硬い砂地の表面が滑って危険きわまりない難所だった。大島の地図や案内書を見たときには想像もしなかったことだ。順平は自分が蟻《あり》にも及ばないちっぽけな存在のような気がしてきて、次から次へと立ちふさがる岩に必死で取り付きながら、涙がこぼれた。

そんなとき彼の脳裏に、山木健一や水沢三代子の姿が浮かんだ。なぜ浮かんで来るのかわからなかったが、自分も無力で従順な生き方しかできないように思われて悲しかった。

二時間ほど歩き続けて、順平は波浮港を見下ろす展望台に出た。人間の胃の形に似た小さな入り江に、何艘《そう》かの漁船が繋がれているのが見えた。彼はその光景をしばらく眺めてから、港の方に向かって坂を下って行った。

波浮港から元町に行くバスの発着点は港の岸壁の縁にあった。順平はしばらく待ってから、やって来たバスに乗り、海際に沿って島を回って行く道を四十分ほど揺られて帰った。

途中元町の手前で、山の上から眺めた青い森の辺りの海側を行くのがわかった。順平はバスの窓を通して、しばらくその森の連なりを目で追った。それから西日に光る海に顔を向けると、二度と右手の森を見ようとしなかった。

三好館に着くとおかみさんが、いかにも安堵したという笑顔で順平を出迎えた。電話局から帰宅したばかりらしい勝枝がおかみさんの後ろから顔を見せ、順平にもの珍しげな目を向けてきた。小村の同類とでも見られたのかと思い、順平は可笑《おか》しくなった。

夕食は、小村が不在で順平一人のせいか、いつもより量もたっぷりしているようだった。順平はおかみさんの心遣いを感じた。

「明日は珠江が一日休みを取れるんだそうで、よかったですよ、斉田先生……」

おかみさんがにこにこして言った。

「それはいいですね。珠江さんは毎日働きづめだったんでしょう?」

順平が言うと、おかみさんはなおも彼の言葉を待っているように見えた。

順平はしかし、今日の山登りを一区切りにしようとした気持ちを曖昧にしたくなかった。

「僕は明日、朝の船で帰ります。来月下旬には戻って来ますので、またよろしくお願いします」

おかみさんは一瞬驚いた顔をした。

「またお袋が心配して、電話をかけてくるかもしれないので……」

順平はそう付け加えて照れ笑いをし、席を立った。おかみさんは笑いもせずに黙ってうなずいていた。

十一　バイクの男

夏の終わりから秋にかけてのころ、大島の海は次第に濁って灰色に見える日が多くなる。西の風の強さによっては船も欠航になる。

順平が大島に戻ったのは、八月の下旬に入るころであった。夜東京の港から出る船はくたびれるので、朝東京の家を出て伊豆の伊東から船に乗ったのだが、西風が強く海が荒れて船がひどく揺れた。小さい船だったせいもあり、順平はひどい船酔いをした。

風の影響のために船は元町港に行かず、島の北側にある岡田港に着いた。それから元町までバスに二十分ほど揺られ、順平はやっとの思いで三好館に帰って来た。

三好館の前に大きな黒いバイクが一台止まっていて、側に頭を短く刈った青いシャツの若い男が立っていた。順平には以前にもそのバイクを見た記憶があった。島にそう何台もあると思えない大型のバイクだから目に付くのだ。男は黒いサングラスをかけた顔だけこちらに向けて、順平をじっと見ているようだった。順平が近付くと、不意に男はバイクに跨り、けたたましい音とともに坂道を上ってじきに見えなくなった。

バイクを見送ってから順平が玄関の戸を開けると、珠江がそこにいて、順平に向かって意味ありげに微笑んだ。

「お帰りなさい、先生……」

「今の人、珠江さんの知り合いなの？」

順平が問うと、珠江は一つうなずいてから、

「浜見屋の人……」

とだけ言った。順平も、浜見屋の人なら珠江の親戚筋なのだろうと思い、それ以上訊こうとしなかった。

船酔いのせいで自分の部屋に入ってからも気分が悪かったので、順平は障子を閉めた薄暗い部屋でごろ寝をして休むことにした。

しばらくすると珠江が部屋に来た。順平が障子を開けると、珠江は氷の固まりが浮かんだコップを彼の前に突き出した。

「はい、甘い氷水。船酔いに効くの、先生飲んでみて……」

そのとき珠江の化粧の匂いがした。浜見屋から帰ったばかりなのだろう。このごろは海が荒れているので珠江の仕事もときどき暇になるのかもしれない。順平は久し振りに珠江と向き合っているのだった。

「これはどうも、ありがとう」

順平はコップを受け取ってから、

「おかみさんが作ってくれたの？」

わざとそう訊いてみた。すると珠江はにこりともせず、

「そうじゃないけど……。氷水は嫌い？」

「いや、そんなことはない」

順平はその場で一息に飲んで見せた。冷たくて甘い水が食道から胃に染みてゆくのが快い。珠江はうれしそうに微笑み、彼のコップを受け取って廊下を帰って行った。

珠江は彼の様子を見て船酔いを察して、すぐに甘い氷水を持って来てくれたのだ。順平は何となくほっとした。自分が今生きている場所はこの島なのだ。そういう実感が戻って来るのを感じた。

学校が夏休みになってから、順平が東京の親元で過ごしたのは三週間ほどだ。何やかやと土産話などしてもとの家族の気分が戻ると、それは総じて退屈な日々だった。大学時代の友人のほとんどが地方に散っていたし、格別人に会う当てもなかった。母親は彼に縁談が来ていることをほのめかしたが、彼は取り合わなかった。弟の政志が一緒に大島へ行ってみたいと言ったが、下宿の部屋が暗いし泊めるわけにも行かないからと言って、先に延ばすようにさせた。

そうしているうちに、自分が落ち着かない気持ちでいるのは大島から離れているからだと悟った。自分を悩ませ辛い思いにもさせる大島が、また無性に懐かしくなってきた。彼は長い夏休みの終わりが待ち切れず、予定より早めに東京を出て来たのだった。

翌日学校に行ってみると、間島教頭が老眼鏡をかけて机に向かっていた。顔を上げて順平を認めると驚き、普段細い目を丸くして、

「おや、どうしました？」

まるで場違いなところへ現われた者を見る目付きだった。

順平は、まだこの学校は休業中なのだということを再認識させられ、何だか拍子抜けの体であった。ともかく山木健一の家庭を訪ねて行ったことを話すと、間島は皆まで聞かずにこう言った。

「この生徒については、五日ぐらい前に父親が退学手続きに来たので、私が会いました。だからもう心配いりませんよ」

呆気に取られた顔の順平に、間島は珍しく真顔で説明した。

「父親は、若い先生が訪ねて来たが家の事情があって、息子はもう学校に通わせるわけにいかないと言ってました。一家で長野の方に帰ると言っていたから、もう今ごろはすっかり引き払ったあとでしょう」

順平は、自分の行なった家庭訪問が健一の退学を早めたような気がして衝撃を受けた。

すると間島教頭は、健一の父親は決して順平の訪問を悪く取ってはいないと言って慰めた。

「しかし教師として、こういう現実を見て何もしないでいいのかと思うのですが……」

順平が言いかけると、間島は目をしばたたいて沈んだ声で言った。

「生徒や親が何か訴えて来たら、我々はそれに対して対応しなければなりませんがね。それもないのに、こちらから生徒の家庭の事情に踏み込んで行くのは、まあ、それなりの覚悟といいますか、たとえばこの島に住み着いて何かやり通すなら別ですが……。しかしそれでも大したことはできないと思いますがね……」

順平は何も言えなくなった。

間島教頭に別れて学校を出て来てからも、順平は山木健一と水沢三代子のことを考えないではいられなかった。この大島に開拓の夢を託して移住して来ながら、荒れた原野と悪戦苦闘した末に破れ果てて、この島を出て行く他ない人々がいる。その陰には学校に通うこともままならぬ不幸な子供たちがいる。この国の片隅に残る過酷な現実である。順平はただその事実の一端を知ったに過ぎず、教師としてはそれ以上追及する力はないのだ。

さて、初めて行なった家庭訪問が順平に与えた衝撃は浅からぬものがあったにしても、それとはまるで裏腹に、彼が過ごした夏休みの終わりの数日間は、表面的にはひどくのんびりしたものだった。

　朝に夕に食堂で珠江と顔を合わせることが多くなり、気楽な雑談もした。彼女の笑顔に出会うことは順平の心を明るくした。定野や芦田が島へ戻って来ると、また釣りに行き、釣った魚でビールも飲み、岩松が現われれば麻雀もした。

　そんなふうにして過ごしながら順平は、何も自分一人で頑張るようなことをしなくても教員として生きて行くことはできるのだと思った。この島の定時制を振り出しに自分の人生が始まったと考えれば、まだ先は長いのだった。

　三人が釣りに行った日は、小型のものばかりでも結構多くの釣果を上げたのだが、芦田がその魚で他の人も誘って賑やかに水炊きをしようと言った。他の人というのは芦田と同じ教員住宅に住む全日制の教員たちのことで、その日は二学期の始まる二日前だったから、東京その他の郷里に帰っていた独身者も大方帰島していたのである。芦田が呼びに行くと間もなく、定野や順平も顔見知りの若い教員たちが四人ほど、それぞれに自分の冷蔵庫にあったビールを二、三本ずつ持って集まって来た。

　取れ立ての魚をたっぷり使った水炊きや刺身を囲み、流れる汗を拭きながらビールを飲んだ。東京の空気を存分に吸って戻って来たばかりの者がほとんどだから、東京の学校の噂が多く、都内転勤を夢見る気持ちが自ずと溢れてくる。そういう話題になると定野の知識は相当なもので、いくつもの質問が定野に集中した。

話がひとしきり続いたあとで橋本という教師がぽつんと言った。

「ここでは地元出身の教員は、やはりちょっと違う感じがあるな」

「ほう、どう違いますか？」

定野が問うと、

「何か、落ち着いている感じっていうか、黙々と仕事していますよ。僕のいる数学科なんて若いのばかりでばらばらだけど」

橋本が言うと、他の者はうなずいたり苦笑したりしている。

「全日制の方には、所帯を持って島にいる人も結構いるんでしょう、割合長くいる人で、何人か……」

芦田が言うと、その脇にいた長島が四、五人の名を挙げて、

「こうして挙げてみると、皆麻雀が好きで、おまけに飲んべえが多いな」

そう言えばそうだと皆大笑いになった。

「しかし俺はやっぱり早く東京へ帰りたいよ。ああ、まだあと一年以上あるのか……」

長島が溜息混じりに言った。

「いや、あと一年と七ヵ月だ」

八木という教師がにこりともしないで言ったが、皆仏頂面をしたままだった。

そのうちに長島と八木が、自分たちの抱えている生徒の問題を持ち出して議論し出した。それに橋本と汐見も加わった。まるで定時制の三人がいることを忘れたかのようだ。

順平は水炊きの鍋を突っ突きながらその様子を見ていたが、こういう生真面目な雰囲気が全日制の教師らしいところかもしれないと思った。極端に生徒の少ない定時制とは教員の雰囲気もだいぶ違うのだ。それにしても何だか今日は、昼間の若い教師たちの、焦燥感をも含んだある種の熱気が直に伝わって来た。それは順平にとって想像以上のことだった。

離島の高校に必要な教師を確保するのは容易でないから、必然的に若い教師が多くなる。彼らのほとんどは離島を振り出しにして都内への転勤希望を出すのが大きな目標であるから、エネルギーを持てあましながらも閉鎖的な島の生活に耐えていこうとする。順平も芦田も似たような状態にあると言えるが、順平は全日制の教師たちのより切実な心情を見せ付けられたような気がした。

その翌日の夕方、順平は本屋に頼んでおいた本を受け取った帰り道で、バス通りから三好館の方へ下りて行った。港の向こうで西に沈む日が赤々と空を染め、海の果てに富士の影が黒く浮かんでいた。思わず目を奪われて数歩歩いたとき、そこに珠江が立っていた。

三好館はもう少し先だ。珠江がにっこりして彼を見ているので、

「おや、今帰りなの？」

「だって今日はもうお客が来ないもの……」

一緒に並んで歩き出そうとすると、背後で警笛の大きな音がした。振り返ると、大型バイクに跨った若者がバス通りの端にいた。数日前に東京から帰って来たとき、三好館の前でバイクを止めていた若い男のようだ。珠江は「浜見屋の人」と言っていた。

髪を短く刈った顔にサングラスがなかったので、男の顔がよくわかる。順平がその顔をじっと見ると、男も挑むような目をして彼を見た。順平の想像していたよりもまじめそうな男で、歳は珠江より上と見え、順平とほとんど違わないようだ。

「あれは誰なの？」

順平が小声で聞くと珠江もささやくように、

「橋沢さん。浜見屋に板前の見習いで来ているの……」

それを聞いて順平は、以前、床の間の壁を通して耳にしたおかみさんと珠江の会話を思い出した。あの若者が珠江に言い寄って来る橋沢という男なのかと思った。

橋沢は順平から目を逸らし、珠江に向かって手を挙げた。

「珠江、さっき言ったこと、忘れるなよー」

そう叫んでからまた順平を見た。

「そんなの、わかんないよー」

珠江も叫んで男に向かって不服そうな顔をした。すると男の何事か怒鳴る声がして、バイクがけたたましい音を立てて走り去った。

順平は思わず顔をしかめたが、あのバイクの男にとって自分は恋敵なのかもしれないと思った。

「橋沢さんは親戚の人なのかい？」

「遠い親戚だけど……」

「彼のバイクに、よく乗せてもらうの？」

「いやだ先生、わたし、バイクは嫌い。怖いもの。だけどどうしても家の前まで乗せてやるって言うんだもの」

「家の前？　三好館を通り過ぎているじゃないか」

「そう。あの人怒ったのよ、先生……」

珠江は橋沢が本気で怒ったのを見て驚いたらしい。

橋沢のバイクは浜見屋の方から来て、三好館を少し通り過ぎたところで止まり、珠江は下ろされたのだ。順平は何だか微笑ましい気がした。

「その橋沢さんは、見習いの仕事を一生懸命やっているの？」

「それはそうだけど……」

珠江は、なんでそんなことを訊くのかというような、浮かぬ顔で答えてから、

「でも、あの人、自分勝手だから困る……」

順平はただうなずくだけだった。

珠江は彼の顔を見て微笑んでいる。それは無邪気といってもいいくらいに明るい笑顔だ。順平は一瞬、同情されるべきはあの若者の方かもしれないと思った。

その日、夕食のとき、いつものように小村が先に立って部屋へ帰り、定野と順平だけに

なった。

そこへ勝枝が出て来て定野を見て言った。

「先生、お茶、どうですか……」

その態度がいつもの勝枝に似ず遠慮がちなので、順平は不思議に思った。

「いや、もういいんだ」

定野は勝枝に断って立ち上がり、

「斉田さん、明日からまた勤務だね。今夜は僕の部屋で話そう」

早口で言い、順平を促し食堂を出た。

順平は勝枝が気の毒になり、

「ご馳走様でした」

と言ったが、勝枝の顔が妙に沈んだ表情に見えたので気になった。

定野の部屋に行くと、いつものようにウイスキーの水割りを用意して二人で飲み始めた。

「勝枝さんが、ひどくがっかりしたような顔をしてましたよ」

順平が言うと、定野は顔を赤らめて、

「実は僕もちょっと困ってたんだ……。それで、この間おかみさんに、僕には国に許嫁がいるって、はっきり言ったんだがね……」

定野は言いにくそうな顔をしてそんなことを言った。

勝枝が定野に気があるのは順平も前からわかっていたが、定野の方は敬遠気味になっていた。そしてとうとう定野は許嫁の話を持ち出したものと見える。

「そうしたら、勝枝さんが僕に、許嫁がいるのに一度も電話しないなんておかしい、許嫁なんて嘘でしょう、と言うんだよ」

定野は苦々しげに言った。順平も、定野は手紙のやり取りもないようだし、許嫁なんて本当にいるのかと疑っていたのは事実だった。

「でも勝枝さんは、何でそんなことを言うんだろう?」

「あの人は電話局で、仕事中に人の電話を盗み聞きしているんだよ、僕がどこへかけているか調べているんだ。そうに違いない」

定野が断言するので順平は驚いて、

「まさか、そんなことは……」

と言いかけたが、思い当たることがあるような気もした。順平の話を聞きながら勝枝が妙な含み笑いをすることがあり、裏で何か摑んでいるというふうで変な気がしたのだ。

「だから僕は、そのとき怒ったんだ。僕の許嫁のことで口出しをしないでくれってね」

定野は本当に怒っているのだった。

「電話の盗み聞きのことは確かめなかったんですか？」

「それは言わなかった。証拠がないし、あの人とそれ以上喧嘩したくない」

「それもそうだな……」

三好館にいづらくなるような羽目になっては定野も困るのだ。

「まあしかし……」

と定野の顔が穏やかさを取り戻して、

「あの珠江さんは、純情だし、いい子だね」

「それはそうだけど……」

順平が何事か逡巡するような言い方をすると、定野は順平の胸の内を探るような目をしてこう言った。

「僕は無理強いはしないがね、しかし、斉田さんが珠江さんを気に入ったのなら、僕がおかみさんに言ってあげてもいいいと思ってね」

順平がそれには及ばないというふうに首を振って、

「まだそういう気持ちにならないし、珠江さんの考えもあるだろうから……」

と言うと定野は意外そうな顔をしていた。

それから定野の部屋でウイスキーの水割りを飲みながら、いろいろ話をして深夜に及んだ。順平も、定時制の生活に慣れるとともにすっかり夜更かしの癖が付いた。

ふと、順平は思った。この島で結婚して家でも持つようになると、暇なときには釣りや麻雀をしたり、あるいは夜更けまで酒を飲んだりして暮らすようになるのだろうか。先日昼間の教師たちと酒を飲んだとき、島で飲んだくれて暮らすのも、それでいいと思えばいいのさと言った者がいた。どこで暮らすのも人の一生に変わりはないと理解してみても、いざ現実にどう進むかとなると迷うことばかりなのだ。

「定野さんは、ずっとここの定時制でやっていくのがいいと思いますか?」

順平は定野の気持ちを聞いてみたかった。

「いや、僕はとてもそういう気持ちにはなれない。三、四年したらこの島を出るよ」

定野はすぐにそう言った。

教師としての生き甲斐は、定時制であろうと全日制であろうと見付け出すことができる、と順平は信じているが、自分の世界をより広く求めたい気持ちは確かに順平にもある。

「まあ、他の定時制に移ったりして、ずっと定時制の生徒を相手にして教師をやるのもいいけど……、しかし夜働くのは疲れるからね、どうも僕は長続きしそうにないな」

定野は遠くを見るような目をして言った。

順平のところには、大学時代の友人である南村から久し振りに手紙が届いていた。その手紙で南村は、新聞社で記者修業に明け暮れしてものを考える暇もないと嘆いていたが、それに続けてこんなことを書いてきた。卒業後それぞれの職場や郷里に散っている仲間たちの、その後の心境や経験を綴った文章を集めて冊子にまとめたい、できればそれを同人誌のようなものに発展させたいというのだ。

今順平は定野と話しているうちに、南村の呼びかけに応えて書いてみようかという気になっていた。友人たちには想像もできないであろう島の小さな定時制高校の現実と、数ヵ月の間の自らの苦闘をできるだけ正直に書くのだ。彼はその文章を書くことによって、バイクの男の出現によって掻き乱されそうな自分から抜け出して、より広い地平を見据えてみたかった。

十二　順平の意見

九月の学期が始まって間もないころ、間島教頭のもとへ「母親が危篤」という知らせが届いた。間島は急遽埼玉の実家に帰った。ところが帰った先で母親が亡くなったので忌引きを取ることになり、そのままさらに一週間、学校に姿を現わさなかった。

実際は葬式から五日目の夜に、明日帰島すると校長に連絡があったのだが、そのころ関東に接近しつつあった台風のために翌日から二日に渡って海が荒れ、船も飛行機も通わなくなったのである。

教頭が出勤できないとなると、さすがに相川校長も管理職の責任を感じて、始業のころに定時制の職員室に現われた。

定野が張り切って校長の座る椅子を用意し、

「校長の姿が見えると我々もやり甲斐を感じます」

聞きようによっては皮肉にも取れるのだが、相川校長は椅子の上で反り返って赤ら顔をほころばせた。

「私も忙しいものだから、つい定時制の皆さんには任せっぱなしになって……」

相川校長は普段の無沙汰を詫びでもするように言い、定時制は全日制と違って大変な面も多い、と寛容な表情を見せておいて、

「来年は東京オリンピックが行なわれる関係で、本校のグラウンドも昼間は選手の冬期練習に利用されることになっています。そのときはどうかご協力を……」

さらには二学期の行事に触れて、十一月初めの文化祭がもっとも大きな行事だから、先生方の指導によって生徒の活動を盛り立てたいと言った。

オリンピック選手の練習する様子は生徒たちも見たかろうが、定時制の生徒が登校する時刻は選手も練習を終えているだろう。だから校長のオリンピックの話は聞き流すこともできたが、文化祭の話はそうもいかなかった。それというのも、この高校の文化祭は全日制の生徒中心の行事で、展示その他の催しで学校の施設をすべて使って準備をするために、文化祭の前日から二日間は定時制の生徒が教室を使えない期間になるのだ。相川はそれに気が付いて、

「そのときは定時制の皆さんには迷惑をかけると思うが……」

と付け加えなければならなかった。とたんに定野が言った。

「文化祭は、定時制の生徒は参加できないんですか?」

黒尾もすぐに口を出し、

「私もそれをずっと不思議に思っていました。でも生徒は文句を言わないし、我々も休める方がいいかなと思ってましたが……」

そう言ってにやにやとした。

黒尾は毎年の経験で、定時制文化祭の実現はうまくいかないことを知っていた。全日制と合同で行なおうとしても、参加する生徒数の圧倒的な差があるため、催し物の規模や準備力の違いもあって、定時制が霞んでしまうのは目に見えている。かと言って定時制だけで独自に文化祭などをやる力はない。

相川は全・定をまとめる校長の立場であるから、結局こう言った。

「定時制の方にそういう考えがあるなら、全日制の方と話し合ってみてください。私も北教頭に話しておきますから」

「わかりました。我々の方としてもこれから間島教頭とも相談しますので……」

定野が答えると校長もうなずいた。

二日後、台風が去って、ようやく飛行機で帰島した間島教頭は、出勤して職員室に入って来た定野と順平を見るや、何とも言えない皮肉っぽい笑顔を見せた。

「いやあ、ご迷惑をかけました。おかげて少し余計に休んでしまって、どうも……」

そう言った間島の顔には言葉と裏腹に、自分の留守中に学校に特別なこともなかったという安堵感がそのまま出ている。

「とにかく、神風が吹いたようなものでね、こりゃ島へ帰れないけど、どうも仕方ないというわけでしてね……。その晩に家で一杯やったら、うまかったねえ」

そんなことまで言って間島は上機嫌だった。

順平は定野と顔を見合わせて、腹を抱えて笑った。単身赴任の教頭にそれほど同情しているつもりはなかったが、そういう間島を見ていても不思議と腹が立たなかった。

全員が揃ったところで定野が、あらかじめ皆から集めておいた香典を間島教頭に手渡した。間島は急にまじめな顔をしてそれを受け取り、やおら皆に向き直って、

「私の母は八十七でした。四人の子を生んで育てて、私一人が男だったせいか、私をとても可愛がったんですが、私はそれが嫌で嫌で、親なんて面倒なもんだと思ってました。長く入院したままでいたのを子供四人で面倒を見ていたんですが、やっと逝ってくれて、ほ

っとしましたがね、しかしいざいなくなってみると寂しいもんです。皆さんも親は大事にしてあげてください」

何だか人を食ったような話しぶりであった。

続いて職員会議に移ると、間島が言った。

「先程校長から文化祭参加のことを聞きましたが、私は、全日制が定時制の参加を歓迎するわけはないでしょって、校長に言ってやったんです。向こうにすれば面倒なことが増えるだけですからね。大体、定時制の今年の行事計画にはないし、予算もありません」

教頭にそう言われると反論も出にくくなる。すると定野が、

「予算はなくても、準備に必要な金は生徒同士で集めればいいんじゃないですか。もっとも参加すると決まったらの話ですが……」

いくらか消極的な構えも見せて言った。黒尾も、

「しかし、そんなに無理して参加しなくてもいいとは思いますがね」

と言い出したので、順平は少々がっかりした。会議の雰囲気がそちらの方へ流れそうだったので、順平は思い切って発言した。

「普段見ていると定時制の生徒は元気がなさ過ぎると思います。だから教師の方から、積

極的になるように生徒をし向ける必要だってあると思います。文化祭はそのためによいチャンスです。昼間の生徒に負けないぞという対抗心を持たせるのもいいと思います」

順平は、日ごろ胸に鬱屈していたものが吹き出したような気分だった。定時制にもチャンスを与えれば頑張る生徒が何人もいると言いたいくらいだったが、そこまで言い切る自信はなかった。

黒尾が横で「うーん」と唸った。芦田が向こう側で目を丸くして順平を見た。定野はどうやら苦笑して頭を抱えていたらしい。

「それは、まあ、正論ですがね……。うちの生徒には無理でしょうけど……」

間島教頭のぼやく声が聞こえた。

「しかし、文化祭まであと一ヵ月半ぐらいですが、それで何ができるかが問題です」

と黒尾が言う。経験のない順平は答えに窮したが、

「僕は短い演劇ならできると思うし、展示も何かできると思います。それでも今年は、これから準備にかかるのでは無理だというなら、仕方ないと思いますけど……」

自信のない言い方になった。そのとき芦田が甲高い声で言った。

「来年の文化祭に参加するというなら可能だと思います。そういう方向で三月までにもう

一度話し合うようにしてはどうですか」

「賛成です」

と黒尾夫人の声がした。

「一応、そういうことにしますか。来年のことを言うと鬼が笑うと言うけれども……」

間島があまり気のない言い方をした。すると順平が言った。

「鬼のせいにしたりして、忘れないようにお願いします」

皆驚いて順平を見、どっと笑った。

間島は一瞬むっとした顔になったが、すぐに苦笑して、

「ちょっ」

口をとがらし大きな音を立てて舌打ちをした。

順平はその舌打ちが自分の発言のせいだと思うと、少しばかり愉快になった。

その夜順平は熱を出した。部屋で寝床に横になってから悪寒を感じ、毛布を一枚余計に重ねて寝たら汗を掻いた。

朝起きても頭痛がして、気分も冴えない。食事を食べ残して部屋に戻って寝ていると、おかみさんが心配して体温計を持って来てくれた。大した熱ではなかったが、おかみさん

はお昼に粥《かゆ》を作ってあげると言った。

　定野が顔を出して、

「斉田さん、大丈夫？　教頭には連絡するから、休んで治した方がいいんじゃない？」

　それから部屋に入って来て順平の顔をのぞき、

「困ったことがあったら、珠江さんに言えばやってくれるよ」

と言って、にやにやして出て行った。

　順平はすぐにも起き出して元気なところを見せたかったが、頭が重くて立ち上がる気になれなかった。

　障子の開く音がしたので順平が目を覚まして見回すと、

「先生、眠っていたの？」

　珠江が立って彼を見下ろしていた。

　彼女は持っていた丸い盆を畳の上に置き、

「お昼のお粥よ、先生……。食べられる？」

　順平はうなずいて見せた。

　珠江は盆の側に畏まって座ったまま、心配そうに順平を見つめて動こうとしない。これはどういうことか、と順平は体を硬くした。

「もう少ししたら自分で食べるから、心配しないで……」

順平が言っても珠江はにこっとしただけである。何となく緊張した気配もある。どこかでおかみさんが耳を澄ませているのではないか。順平は思わず床の間の壁に目をやった。

とにかく元気にならなければ、と順平は半身を起こしてみた。粥を一口すすってみると少し食欲が出てきた。塩味がうまく効いているようで、とうとう粥をきれいに食べた。

「ご馳走さま、ありがとう。できたら、風邪薬を買って来て欲しいんだが……」

順平は思い切って言ってみた。定野には頼みにくいとすれば、目の前の珠江しかいなかった。

珠江は返事をしてすぐに出て行ったが、五分もしないうちに戻って来た。手に風邪薬の赤い箱と水の入ったコップを持っていた。

「うちにあるお薬を上げる。これでいいずら?」

珠江はうれしそうに言った。

薬を飲んだせいか、夕方には発熱も収まったが、順平はその日とうとう初めて欠勤した。

夜になって帰宅した定野が、また順平のところに来て、

「王医院に行かなくていいの？　あそこには四年生の子が看護助手でいるから、行けばきっと親切に診てくれるよ」

順平がもう治ると言うと、

「何だ、それは残念……」

などと言ってから、

「今日職員室で、斉田さんが熱を出したと言ったら、皆驚いてね、過労のはずはないから、きっと知恵熱だろうなんて言ってたよ」

愉快そうに笑って部屋を出て行った。

知恵熱だなんて、定野か黒尾が言い出しそうな冗談だ。教頭のおかしそうに笑う顔も目に浮かぶ。順平は暗い天井を睨んで、明日は少しぐらい無理をしてでも出勤しようと思った。

翌日、順平が出勤したときは職員室にそんな冗談の余韻もなく、彼はほっとした。定野にからかわれたのかもしれないと思ったが、腹を立てるわけにもいかなかった。

順平が一時間目の授業を終えて戻ると間島教頭が廊下に出て来て、

「以前やった歓迎会のときに斉田先生にお酌したあの子、どこかで会いましたか？」

不意に大真面目な顔をして訊くので、順平は驚いた。偶然会ってくさやの作業場を見せてもらったことがあると話すと、

「そうでしたか。話をしたりしたんですね」

と念を押してから、急に声を低めて、

「それで、その後もお付き合いしているというようなことは？」

「いえ、それっきりで何もありませんが……」

「あ、何もありませんか……。わかりました。白木さんには私から適当に言っておきます。ご心配なく……」

早口で言うと間島は事務室の方へ去った。

町議会議員の選挙が近付いているとは言え、今ごろそんな話が出て来るのが不思議だった。華子とのことが、当人たちとは関係のないところでやり取りされているような気がして、順平はひどく不愉快であった。

文化祭の件で校長に定時制としての意見を言ったのが波及効果を持ったのか、昼間の教

師から夜間の教師へ何かと働きかけが来るようになった。

　もともと職員室のある建物が別棟になっていて始業の時間も異なるから、普段はほとんど互いに顔を合わせることがない。だから順平も着任以来全日制側とは、芦田のいる教員住宅で何人かの若い教師とたまに付き合うだけであった。それがこのごろは全日制の教師が何かと用を作っては、気楽に定時制の職員室へ顔を出すようになった。

　そのこと自体は決して悪いことではないはずだが、間島教頭は相変わらずで、

「北さんが昼の方の先生たちに何か話したんでしょうが、どうせ、定時制に何かと不満を持たれては困るという深謀遠慮ですよ」

　と北教頭への対抗心をむき出しにしてあまり取り合わない。

　間島に言わせれば、相川校長は表向きはどう言っていようとも、

「定時制のことなどどうでもいいんです、あの人は。今は東京オリンピックで都の役に立ちたいってんで頭がいっぱいなんでね、選手が練習を終わって帰るときに定時制の生徒がぞろぞろ入って来るのはまずいから、登校を遅らせてはどうかなんて言うんだからね。それで私は言ってやったんだ、ここは学校ですから生徒に来るなとか、遅れて来いなんて言えますかってね……」

などと授業開始前の職員室で、ほとんど酔っぱらいの戯言《たわごと》みたいな調子で言ったりした。

最近順平は、そういう間島の不満居士的言い分に一々腹を立てるのを止めた。そんなことをしても無駄だということとは別に、一面の真実を語っているとも思うからだ。ちっぽけな定時制を軽んじる意識が様々な形で存在するのを、順平といえども感じるのである。

ある日順平は、定時制の始業前の時間を利用して、全日制の職員室に行って浅井という教師に会ってみようと思った。浅井というのは、順平と顔見知りになっている五十歳ぐらいの国語科教師である。大島出身で大島高校に十五年ほど勤務する最古参の部類の教師であった。

廊下を歩いて行くと、行き来する男女生徒それぞれが紺の制服に統一されていて、順平はその様子を見ただけでまったく別の学校に来たような気がした。文化祭が近付いたのであちこちの教室で生徒の活動する様子も見える。

職員室に顔を出してみると、浅井はその柔和な笑顔で順平を迎え、窓際の明るいところに席を占めた自分の机に案内した。

順平は国語の授業について浅井と話をしてみたかった。すると浅井は、生徒の様子などいくつか話してから、やおら脇の棚から藁《わら》半紙で作った冊子を出して順平に見せた。

「これは生徒の作文で、最近書かせたものの中から選んで印刷したんです。斉田先生も同様のことをやっておられると聞いたので、お見せしたいと思っていたんですよ」

同様のことをやっていると言われて順平は驚いたが、そう言えば一学期のうちに二度ほど生徒に作文を書かせて印刷し、それがたまたま間島教頭の目に止まったことがあったのを思い出した。どの生徒の作文もほんの数行しか書いてなくて、

「自分のことで書くことなんか何もないのに、先生、どうして書かなきゃいけないの？」

教室でぶつかった生徒の言葉にショックを受け、少しでも文章を書かせるためにはどうしたらよいかと順平は悩んでいたのだ。

浅井は北教頭から順平のことを聞いたと言うのだから、間島教頭が何かの折に北教頭にそんな話をしたのだろう。そうとしか考えられなかったが、間島教頭もときには北教頭とまともな話もするのかな、と順平は意外な気がした。

「書くことは考えることですからね、作文指導はこれからもずっとやっていきたいんですよ。いろいろ手間のかかる仕事ですが……」

そう言って浅井は年度ごとにまとめた文集も出して順平に見せた。

順平は話を聞きながら幾編か目を通してみたが、選ばれた作品だけあっていかにも高校生らしい素直な文章ばかりだ。生徒のこんな文章を読めるだけでも羨ましい限りだというのが、そのときの順平の正直な感想だった。

「定時制では、なかなかこうはいきません」

「そうかもしれませんが、定時制の子がどんなことを書くか興味もあるので、また何かできたら私にも見せてください」

順平は快く承諾し、礼を言って職員室を出て来た。

やはり腰の据わった熱心な教師はいるのだ、と順平は妙に感動した。そうして、自分の狭さに閉じ籠っていては駄目だとも思った。

書くことは考えることだと浅井は言った。しかし書くことの恐ろしさもあると順平は思う。例えば水沢三代子は、作文が嫌いだと言って書こうともしないが、あの子が自分の貧しい生活を見つめて本気で書くのは、やはり勇気のいることに違いない。生徒が書くことによって自分を見つめ、自分の置かれている状況に目を開いていったとき、どうなるか。教師として是非そうなっていって欲しいと望みはするが、それから先についての教師の責任はどうなるのか。順平はそんなことまで考え込んでしまうのだった。

　そのころ街では大島町議会議員の選挙が告示され、町のあちこちに立候補者のポスターが張り巡らされていた。順平も白木為蔵の尊大な顔のポスターをしばしば見かけた。それでも、東京で見るような選挙カーは誰も使わないようで、町は静かだった。間島の話では、親戚縁者を通じての票読みが重視されるからだという。

　そんな話を職員室でしながらも、間島は白木の当落をしきりと気にしていて、

「もっと選挙運動をやらなけりゃ駄目だと私は言うんだけど、白木さんは大丈夫だと思っているらしい」

　と首を傾げていた。

　順平も定野も白木票として数えられていたらしい。ところが、島に一年以上住んでいないと選挙権がないとわかり、当てはずれになった。順平も定野も大島町の選挙については疎かったが、当の白木も選挙権の制約に気付かずにいて、定時制の先生の二票がなくなったと言って悔しがったという。結局白木為蔵は、あちこちで票の読みが狂って落選し、わずかの差で次点となった。間島の危惧した通りだった。

　ふと順平は、華子はどうしているだろうと思った。

　白木為蔵が落選しようとしまいと、華子の毎日に変化はないに違いない。あの椿の茂る

森の中を毎日行き来して暮らしているのだろう。と、そう思ったとき、順平は何かしらいたたまれない感情に襲われるのを感じた。それで華子は本当に満足できるのかと考えないではいられなかった。

その翌日、順平は定野に山の方を歩いて学校に行くと言い置いて三好館を出、椿山ホテルの脇を通ってその背後の椿に囲まれた道に行ってみた。

華子と出会った時刻を考えながら、その辺りを二度ほど行き来した。だが、大きな籠を背負った老婆と行き違い、街へ向かって下りて来る軽トラックを避けた他は、二、三人の子供を見かけただけで、華子と出会うことはなかった。

翌々日、彼はまた同じところへ行ってみた。その日は風がやや冷たかったが秋晴れのすがすがしい天気で、木々の間に見える海原を眺めて歩くだけでも気持ちがよかった。

しばらく行くと、右側にくさやの作業場に行く小道が見えた。順平はちょっと迷った揚げ句、そのまま道なりに進んだ。じきに開けたところへ出て、大小の平屋がいくつか見えた。もっとも大きな平屋の前に、前回道で出会った覚えのある白い軽トラックが止まっていた。華子の言っていた家はこの辺りに違いない。道は右に緩やかな曲がりを取ってさらに奥へ続いているようだ。その先には畑があるのかもしれなかった。

順平はそれらの光景を一渡り眺めてから、またもとの道を戻って来た。

彼は華子の暮らす小さな世界のことを考えた。農家というので何となく想像していた藁葺き屋根の家はなく、順平の目で見ても決して特に豊かとも言えない家のありようだ。しかし山木健一や水沢三代子の壊れかけた家とは違い、落ち着いた暮らしの存在を感じさせるたたずまいではあった。

道が海側に曲がって、その先にまた椿の木の連なりが見えてきた。ふと目を上げると日は西に大きく傾き、順平の出勤時間もそろそろ過ぎてしまいそうだ。順平が足を速めて行くと、向こうからこちらへ来る人影があった。

間近まで来て、見ると、それが華子だった。夏とは違い、紺のもんぺにくすんだ色の上っ張りのようなものを羽織った姿が意外だった。

互いを認めて二人は同時に足を止めた。

「こんにちは……。今、帰りですか？」

順平が声をかけると、

「はい……」

華子はおずおずとした様子で答えた。見開いた目が彼を見つめている。

「僕はまた、この道を思い出して散歩に来ました。この先にあなたの家があるんですね」

華子はうなずいたが、当惑した様子で立ち止まったままだ。

順平は彼女の側まで行った。その場所から元町港は見えなかったが、緑の木々の向こうに広い海と、夕日の輝きを載せた伊豆半島の風景が見通せた。

「あなたは、この大島が好きですか?」

順平が海の風景に目をやって言った。華子の答えが返って来るまでに少しの間があった。

「好きです……」

そのとき遠くで道の草を踏んで走って来る車の音がした。

不意に華子が順平の手を摑んだ。そして急いで彼を雑木林の中へ引っぱり込んだ。小さな藪《やぶ》の陰を見付けると、彼にもそこにかがみ込むように促した。

「あの車、多分兄が乗ってますから……」

彼女が言い終わらぬうちに、白い小さなトラックが目の前の道を走り下って行った。順平が先刻目にした軽トラックに間違いない。

車を見送ると、華子が急に笑顔になって順平を見た。二人はかがみ込んだまま目を見合わせた。華子の黒い瞳がきらきらと輝いていた。

　順平も思わずにっこりして言った。

「お兄さんは怖いんですか？」

「そんなことありませんけど……。父に知られると怖いので……」

　そう言ってから華子は真顔になり、

「ごめんなさい……」

　消え入るような声で言って立ち上がった。

　順平も彼女と並んで立った。その位置からも広々とした海の眺めが見通せて、西からの軟らかな日差しが二人を照らしていた。

　順平は彼女の手を取って言った。

「僕と、また会いませんか？　あなたともっと話がしてみたい……」

「えっ……」

　華子は驚いた様子で彼の手を振りほどこうとした。だがその力は弱く、順平は放そうとしなかった。

「いけませんか？　なぜです？」

順平は後へ引かない気構えを見せた。

「家業はお兄さんに任せて、将来は僕と、東京で暮らすことを考えてもいいんじゃありませんか？」

すると華子は彼に手を取られたまま、真剣な表情で言った。

「わたしは、ずっとここで暮らすことに決めたんです。この間、父にも母にもそう言ったんです。そうしたらとても喜んでくれました……」

華子は彼の顔から目を離さなかった。涙が溢れて頬に落ちかかっていた。

やがて順平は彼女の手をいとおしむように撫で、そっと放した。

「そうですか……。僕はあなたにもっと広い世界に出てもらいたいと思ったりして……」

口籠るように言ってから、

「あなたは、東京は嫌いですか？」

最後の抵抗を試みるように彼は言った。華子は目を上げて答えた。

「いいえ、そんなことはありません。でも、修学旅行で行ったとき、東京の街を見て、わたしには似合わないところだと思いました」

「どうして？」

十二　順平の意見

「人が多過ぎて疲れます。それに空気が乾いていて息苦しくなりそうです」

そう言って華子は微笑んだ。順平は落胆の色が隠せなかった。

「東京にだって、いいところはたくさんありますよ……」

「はい、それはわかりますけど……」

華子はそのまま道に出て行った。順平も後ろに付いて出た。彼女は道の中程に行ったところで振り返り、

「わたし、家に帰らないといけないので……。もうこれで、さようなら……」

笑顔が硬い表情に変わっていった。

「僕はこれから定時制の勤めに出ますので……。あなたもどうか、お元気で……」

華子は微笑んで会釈し、背を向けて歩き去った。

順平はそのまま立ち尽くして見送った。彼女が振り返ることはなかった。

その日順平が出勤したのは五時を回っていた。彼が職員室の戸を開けると、すぐに間島教頭の不機嫌そうな目に出会った。順平が遅刻の詫びを言うと、

「学校には電話というものがあるんです。遅れるときは連絡するのが教員の義務です」

間島はむっとした顔で彼に言って、また元の姿勢に戻った。

向こうの席から定野が順平に声をかけた。

「斉田さんは今日、どこか寄って来たのかと思ってね、それとも道に迷ったんですか？」

前回に続いて二度目の遅刻だから定野も呆れているようだ。順平はまさか華子に会いに行ったとも言えず、適当な言い訳をしながらも、泣きたいような気持ちだった。

十三　飲んだくれ

全日制の北教頭から定時制の間島教頭に、全・定合同で忘年会をやりたいという提案が届いたのは、十二月に入ってからだった。

職員室でそれを話してから間島は不機嫌そうにこう言った。

「北さんのことだから、忘年会を派手にやりたいんですよ。我々が出て行ったって埋没するだけでしょ、きっと……。ちょっ」

誰も何も言わなければ、その間島の舌打ちで立ち消えになりそうな話だった。

「でも、せっかく向こうから言って来たんだから、受けてみたらどうですか？」

定野が遠慮がちに言うと黒尾も言った。

「こんなことは今までにないことですよ。校長の考えも入っているんじゃないですか？」

間島は苦笑いして、

「あの校長は、そんな気の利いたことは言いませんがね……」

一応注釈を加えた上で、間島が妥協した。

「まあ、せっかくだからできるだけ出席するということにして、返事をしておきます」

やがて学期末になり、日曜日が来ると全・定合同の忘年会が行なわれた。会場は港の近くにある古い旅館の広間で、冬の日が落ちかかるころになると、出席する面々が三々五々集まって来た。皆それぞれにきちんと背広を着込んでいる。

旅館の隣にある小さな食料品屋のおかみさんがもんぺ姿で店の前に出て来て、幼児の手を引きながらその様子を目を丸くして眺めていた。確かに、この辺りで背広姿の男たちが次々と集まって来る図は、異様な風景に違いない。

順平も定野に合わせ、普段の着慣れた上着をやめて一張羅の背広上下を着て出かけた。定野と二人で歩いて行くと、旅館の入り口で向こうから来た芦田と一緒になった。芦田も背広を着込んでいる。

会場前の受付には幹事に加わった黒尾がいて、

「間島教頭がもう来てますよ」

とささやいた。聞いて三人とも驚いて顔を見合わせた。

会場は二十畳ぐらいの部屋で、総勢五十人分ほどの和食の膳が二列に分かれて部屋一杯に並んでいる。正面奥の床の間を背にして設けられた席に、北教頭と間島教頭が並んで座っていた。相川校長はよんどころない用事で出張中のため出席できないのだという。

真ん中に座った北教頭は、もとは体育を教えていたそうで体格がよく、背筋を伸ばした姿勢でどっしりと座っている。顔が日焼けしているのはよく釣りに出かけるせいもあるに違いない。

北は、笑いじわの深く刻まれた顔を向けて間島に何か言い、次いで反対側の事務長とも話し、一人で気を遣って鷹揚《おうよう》な笑顔を繰り返していた。

間島は仏頂面といってもよいような顔をして前を向いたままだ。その様子を見て定野がつぶやいた。

「無理して出席しなくてもいいのに……」

定時制の面々の席は末席にまとめられてあった。宴席に戻って来た黒尾に聞くと、間島がそれでいいと言ったのだという。

　北が立って挨拶し、間島も立って一言言い、皆で乾杯して宴が始まった。数人のアンコ姿が現われて酒の酌をして回る中、何人かが立ち上がって何かしゃべり、定野も定時制を代表してしゃべったが、他に何か余興があるわけでもなく、宴は酒が回るにつれて入り乱れていった。向こうで大声を上げて談笑しているかと思うと、こちらでは何ごとか声を張り上げて議論している。

　定時制の席へも代わる代わる徳利を持っては何か言いに来る者があり、順平も顔見知りの教師のいる辺りへ行ってみたりしたが、酔いが回って誰と何をしゃべったのかも定かでなくなった。

　そのうちに怒号が起こり、喧嘩騒ぎにもなった。気が付くと、数少ない女性の教師はほとんど消えている。間島教頭の姿もすでになく、定野に聞くと、だいぶ前に帰ったと言う。隅の方に座っていたはずの岩松もとっくに帰宅したらしい。

　あとで間島教頭の語ったところによると、北教頭は、忘年会がいつもひどい騒ぎになるので定時制と合同になれば少しは抑えるかと思ったのに、と嘆いていたという。

　ようやくお開きになって外に出ると、きれいな冬の月がかかっていた。海は静まりかえって不気味なほどに何の物音もない。

順平は、最後までいた黒尾夫妻の他にも誰彼構わず別れの挨拶をして、定野の姿が見えないまま、陶然とした気分で足取りを確かめながら歩き出そうとした。

「斉田さん、もっと飲もうよ」

肩を叩かれて振り返ると、顔なじみの長島で、その後ろに八木や橋本の顔も見えた。

「汐見さん、行こう、こっちだ」

長島が叫んで手招きすると汐見がふらふらしながら姿を現わした。皆、長島の部屋に行って酒を飲み続けるつもりなのだ。

アスファルトの道が上りになってカーブするところで、先を歩いていた数人の連中と一緒になった。その中に芦田がいた。

「何だ、来ちゃったの？　定野さんは大分酔ったから帰るって言ってたよ」

芦田が笑って言ったが、順平はもう帰る気にはならなかった。

長島が道路の端に寄っていって一人の男に声をかけた。

「なんだ、市井さん、こっちじゃないでしょう、帰るのはあっちの方角ですよ」

「いいんだよ、まだ飲むんだから……」

市井と呼ばれた教師はほとんど酔いつぶれかけた様子だ。

「よした方がいいよ、市井さん、あんた危なっかしいよ、今日は……」

別の一人も市井の肩を抱き抱えるようにして言った。

「うるさい、俺の世話を焼かないでくれ、頼む……」

市井は怒り出し、しまいにはろれつの回らない口をとがらせて哀願するように叫んだ。

順平が少し離れたところでその様子を見ていると、芦田が近寄って来て言った。

「あの市井さんは、二年前に卒業した教え子で結婚したい子がいるんだそうで、そのために転勤希望も出さないでいるらしい」

「その子と結婚して一緒に東京へ帰りたいというんですか？」

「最初はそう言っていたのが、このごろはその子と結婚できたら島で暮らしてもいいと言ってるんだけど、どこまで本気かわからないみたいでね」

芦田が言うのを側で聞いていた八木が、

「市井さんは酒を飲むと滅茶苦茶になるんだ。その子のためかどうか知らないけど……」

と心配そうな顔をした。

そのうちに市井は道路の真ん中に仰向けに寝てしまい、仲間に揺り起こされると、

「ほっといてくれ、俺はどうなったっていいんだからよー」

怒鳴り声を上げ、しまいには、

「ころせー、ころせー」

と叫び始めた。

まるで歌でも歌っているようなので、脇でげらげら笑い出す者がいた。

そのとき山の方からバスが下りて来て警笛を鳴らした。皆が驚いて駆け寄ると、バスは市井の側まで来て注意深く止まった。

運転手が顔を出して声をかけた。

「危ないよー、大丈夫ですかあ」

順平が聞き覚えのある声だと思い、見ると片田喜一である。バスも順平の記憶にある大型の伊豆鉄道バスであった。

片田は周囲を見回して、道路の端に立っていた芦田と順平の顔を認め、無言のままひょいと会釈した。道路を塞いだ酔っぱらいが高校の教員だとわかったのだろう。

市井が助け起こされて端に寄ったのを見届けると、片田はバックミラーに目を走らせて慎重にバスを発進した。

「どうもすいません」

長島が何度も頭を下げるのを後目に、バスはエンジンの音を響かせて走り去った。

順平は芦田と顔を見合わせると、半ばは本当に感心もして言った。

「立派な運転手ですよね……」

芦田が引きつったような声で笑った。

深夜の道路上に座り込んだ市井と付き添いを志願した二人の教師をそのままにして、順平は芦田らとともに教員住宅の長島の部屋に行った。そしてその夜はとうとう酔いつぶれて長島の部屋に泊まり込み、順平は朝帰りとなった。


二学期の終業式を終えて、順平はほっとした。彼の担任する生徒はたった六人とは言え、これできっと春には三年生にも進んでいけるだろうという安堵感があった。こんな気分を味わうのは初めてで、自分がだんだん一人前の教師になってきたような感じがした。

夜、帰って来た定野と順平が食事をしていると、一度引っ込んだおかみさんがお茶を注ぎに出て来た。大島も冬の夜は冷えるから熱いお茶はありがたい。

「先生方は夜遅いから大変ですね。お疲れでしょう」

「もう慣れたから平気ですよ」

順平が言うと、おかみさんは急須を置いて、

「先生方にはもっと栄養を付けてもらわなくてはと、いつも考えてはいますけど、いろいろ大変でねえ……」

ちょっと言いにくそうな様子である。すると定野が言った。

「部屋代のことですか？」

「ええ、あまり言いたくはないですが……」

おかみさんがなおも言い渋っていると、台所で物音をさせていた勝枝が、

「もっとはっきり言わないと……」

と姿を現わして、

「三月から少しだけ値上げさせてもらいたいんです。先生たちの望み通りにはいかないかもしれませんけど、食事ももう少しよくしたいと思いますので……」

「申し訳ありませんがね……」

おかみさんが頭を下げるのを横目に見て勝枝がさらに言った。

「だから他へ引っ越したいのならそれでもいいですから、来月中に言ってください」

勝枝の目が真っすぐに定野を見ている。まるで定野に出ていって欲しいとでも言っているようだ。最近は定野とあまり会話がないような間柄になっているにもかかわらず、勝枝はどこまでも強気だ。

おかみさんが困ったような顔をして定野を見た。

「僕はいいですよ、値上げでも。しかし斉田さんはどうかな……」

定野が言った。彼が離れの部屋を気に入っているのは順平もよく知っている。

そこで順平は思い切って言ってみた。

「僕はもっと明るい部屋がいいので、この際、他を探してみたいんですが……」

おかみさんは当惑したような顔で順平を見たが、

「斉田先生には申し訳ないと思っていたので、わたしもちょっと探してみますよ。見付かるまでお部屋代は今のままで、どうぞ……」

そう言うとおかみさんの顔に少し笑みが戻った。

「定野先生は値上げでも……」

と勝枝はなおも定野に挑戦するような目を向けている。

「僕はあの部屋でいいですから出ません。まだしばらく置いてください」

定野がはっきり言ったので、勝枝は嫌とも言えず、

「あら、そうですか。ではどうぞ……」

と言ったが、何かしら悩ましげな面持ちで台所へ去った。

廊下を歩きながら定野が言った。

「部屋代を安くしてくれるなら、斉田さんもここにいたらどう？」

順平はうーんと唸って、それには返事をしなかった。

「しかしあの勝枝さんは気の強い人ですね」

「僕もちょっと参ったね……。だけど、あれは浅知恵だよ」

定野はそう言って笑った。

定野の話では、部屋代値上げのことは二、三日前におかみさんから定野に打診があったのだが、そのとき定野はいい顔をしなかったのだと言う。順平は、以前珠江が順平に同情して、定野が出て行けばいいと言っていたのを思い出した。勝枝は、値上げをすると言って定野を追い出せばすっきりするとでも思ったのだろうか。しかし、もともと定野が下宿人として不適格なはずはないのだ。

翌日順平は、午後の船で東京に帰ることにしていた。定野もそうすると言うので一緒に

出ることになった。

昼前に、彼は父の修平のために土産のくさやを買おうとして、以前おかみさんに教えてもらった店まで出かけて行った。もう一軒教えられた店があったが、それは華子の父親が持っている店のはずだったので、彼はそちらを避けることにした。

三好館を出て、バス通りを港と反対の方へ歩いて行くと、海を背にした位置に彼の目指す店があった。椿油の製品や椿の実を使った飾り物なども並べてあるが、くさやの干物も大きな一角を占めて陳列されていた。それを見ているうちに順平は、「ふじのや」という刻印の付いた包みに目を止めた。

それは華子の案内してくれたくさやの作業場で目にしたのと同じだ。華子の家は藤野という姓だったはずだから、それに基づいた屋号だろう、とそのとき思った記憶がある。

順平は「ふじのや」の包みを手に取ってみた。それを買わずにはいられなかった。

三好館に帰って来た順平は玄関口で珠江と出会った。珠江はにっこりして彼を迎えた。

「向こうの店で土産のくさやを買って来たよ。今日の船で東京に帰るんだ。また来年もよろしくね」

何でもないことのように彼は言った。珠江は目を丸くして、

「今日帰るの？　先生」

順平がうなずいて土間から上がろうとすると、珠江が後ろで、

「お母ちゃんの顔が見たいんずら、先生……」

と憎まれ口を利《き》いた。順平はただ笑って見せただけだった。

珠江は順平が下宿を替えようとしているのをまだ知らないのだろうか、と彼は思った。知っているにしろ知らないにしろ、おかみさんも勝枝も、珠江をまだ半分子供扱いにしているのは確かなようだった。

自分の部屋に戻ると順平は、くさやの包みの入った紙袋を机の上に置いて、しばらく眺めていた。やがて彼はその紙袋からくさやの包みを出して、透き通った包み紙に押された「ふじのや」という、太い丸で囲まれた筆書きの黒い文字を見つめた。すると華子の澄んだ声が思い出され、くさやの身のくすんだ色が目に焼き付いてくるようだった。

ふと、今日はこのままもう一晩三好館に残って、このくさやで熱燗《あつかん》の酒を飲んだらどうだろうと思った。彼は無性に、その酒の味に浸ってみたい気がした。しかしすぐに、それじゃ何だか芝居じみている、俺は飲んだくれになりたいわけじゃないと思い直した。

そこで彼は、東京の家に帰ったら真っ先に、お土産だよと言って父親にくさやの包みを

渡そうと思った。修平が喜ぶのはわかっていたからそれは簡単にできそうだった。

順平が東京の親元で過ごした正月休みは一週間ほどである。それでも彼が気分をすっかり改めて戻るためには十分な日数だった。

一月から二月にかけて、大島は至るところに椿の花が咲き誇る。分厚い真紅の花弁の重なった花が濃い緑の固い葉の上に添えられた趣は、なかなか重厚な感じもあって美しい。順平は島に咲く椿を見て歩くうちにその大きな赤い花が好きになり、三原山の堂々とした山の姿によく似合うと思った。

港は毎日のように「椿祭り」の観光客を迎えて賑わっていた。それに今年は東京オリンピックの年で、陸上選手がすでに何人か大島へ合宿練習のために来ていたので、島には例年と違う賑わいもあった。

順平は退屈紛れの散歩に、ときどき船の着くころを見計らって港へ見物に行った。港の前の広場にはいつも変わらず土産物を並べた露店が並んでいて、船から降りた客を呼んでいた。

順平がそこで見出すアンコ姿の珠江は相変わらず美しく、愛らしかった。そのはなやかな笑顔に、真紅の花を染め付けた袂りと筒袖の紺の模様がよく似合った。順平は離れたところに立って、何か不思議なものでも見るように、珠江の姿に見惚れた。それを彼女に見付かってしまったことがあり、そのとき珠江の白い顔がぽっと赤く染まるのを彼は見た。それも彼にはすばらしい瞬間だった。

そのあとで、三好館の食堂で珠江が彼に、

「いやだ先生、港のところでじっとこっちを見てるんだもの」

などとはしゃいだ様子で言うのを、順平はさりげなく、

「ああごめん、でもとてもきれいだったよ」

まるで絵のようだったと言おうと思ったがやめた。

するとその二人の様子を、おかみさんが向こうから見ていて、笑顔というよりも怒ってでもいるような鋭い目を順平に向けてきた。順平は自分の心根がおかみさんに見透かされたような気がして慌てた。

そんなこともあって、順平は早く下宿先を替えたいと思った。おかみさんの目から逃れたいという気持ちもなくはなかったのだ。

それから何日か経った日の午後、順平が町役場の並びにあった小さな周旋屋に寄って、

格別な情報も得られずに帰って来ると、三好館の方から歩いて来る岡山に出会った。岡山は仕事の途中と見え、書類の入った黒い鞄を提げていた。

順平は岡山には三好館で二、三度会っただけだが、道路で行き会えば岡山はいつも人なつこい笑顔で声をかけて来る。

「やあ、斉田先生の学校はこれからなんですね？」

岡山が言った。順平は挨拶を返しながら立ち止まった。

「岡山さん、僕もとうとう、三好館を出たいと思うんです」

「ああ、先生の部屋は暗いものね。よく今まであそこにいたと思うくらいですよ」

岡山がそう言うので、順平が、適当な下宿先で心当たりがあったら教えて欲しいと言うと、岡山は二つ返事で引き受けた。そして手を振って向こうへ行きかけて、

「実はたった今、三好館で、おかみさんから先生のことを聞いたばかりでね、もう少し暖かくなったら引っ越しできるかもしれませんよ」

歩き去る岡山の笑い声が聞こえて来た。おかみさんも岡山に声をかけるなどして、順平の下宿先を探しているのであった。

十四　別れの季節

　二月に入って間もないある日、学校の職員室では黒尾夫妻の転勤が決まったという話で持ち切りだった。単身でも思い通りの転勤は難しいのに、五年待ったにしても夫婦揃っての転勤が実現するとは、と間島教頭も感心していた。

　黒尾は具体的なことはなかなか明かさずに、

「まだ内定段階の話で、僕も落ち着かないんですよ。それより僕は四年生の担任として、生徒をちゃんと卒業させないとね……」

　などと言いながらにこにこしていた。

「四年生で心配な生徒がいるんですか？」

　順平は黒尾の隣にいるので、欠席がちの生徒を思い浮かべながら訊いてみた。

「いや、もう皆卒業のめどは付いていて、大体が島に残るようですけどね、ただ……」

　黒尾は言うべきかどうかちょっと迷って、

「広沢絵美が、東京の看護学校の推薦入学の選考に応募しているんで、その結果が待ち遠しくて……」

　順平も、四年生の教室で、絵美にどんな勉強をしているのか聞いて励ましたこともあるだけに、黒尾の気持ちがよくわかった。

　その看護学校からの知らせは二日後に届いた。すぐに絵美が呼ばれて黒尾から合格通知を渡された。間島教頭を初め職員室にいた者が皆で拍手した。絵美が頬を赤くし礼を言って去ると、あの子はきっといい看護婦になるに違いないと皆口々に言った。黒尾はいかにも満足そうだった。

　それから数日経つころ、全日制の市井という教師が盲腸炎のため王医院に入院し、手術を受けたということが伝わった。間島教頭が職員室でそれを話したとき、「えっ」と皆声を上げて驚いた。

　順平は即座に、忘年会のあった夜に路上に酔いつぶれて「ころせー」と叫んでいた男を思い出した。確か教え子への恋を諦められないでいるという教師だった。

「どうしてまた、王医院に……」

　と定野が真っ先に言った。それは誰でも思う疑問だった。

　産婦人科医で高齢でもある王先生に盲腸炎の手術ができるのかが疑問だったし、飲んだくれの市井が無事に手術を受けられるのかどうかも心配だ。それに、独身である市井の手術に誰か立ち会う者はいるのか。東京と言わないまでも、せめて熱海か伊東の病院に行けなかったのか——。

黒尾は同じ英語の教師として市井とは親しくもしていたし、王医院と聞けば看護婦助手の広沢絵美のことも気になった。芦田も市井とは釣り大会などでの付き合いがあった。そうでなくとも皆、同じ教員として心配せずにはいられなかった。

ところが定時制でそんな心配をしていたころ、王医院での手術はとっくに終わっていた。黒尾は翌日それを広沢絵美から聞いて来て、どうやら無事終わったらしいと言いながらも、信じられないという顔付きだった。

それからさらに二週間余り経ったある日の夕方、当の市井がひょっこりと職員室の黒尾のところへ顔を見せた。まだ通院治療中だと言い、少し痩せていたが顔色はよい。酒に酔っていたときとは見違えるように目もすっきりしている。

市井の話によると、盲腸炎とは気が付かずに酒を飲み、胃腸薬を飲んだりして我慢して来ただけに、王医院に見てもらいに行ったときは手遅れ寸前だったらしい、と自分でも驚いた様子で語った。

「ここで手術するのが嫌なら、すぐに救急のヘリコプターを呼んで東京に行くしかないと言われて、覚悟を決めましたよ。立ち会いも何もなしで王先生の手術を受けて、一応成功したけど、麻酔があまり効かなかったし、そのあと痛んで痛んで……。傷口が膿んできたときには、もうこれで俺も、この島で死ぬのだと観念しました」

「傷口が化膿したんですか？」

黒尾が驚いて言った。

「縫合に使った糸がちょっと古かったんだなんて、王先生は言っていたけど……。あとで看護婦さんに聞いたら、化膿するのも珍しくないらしいんです。どうもあとの祭りみたいな話で、さすがの僕もちょっとねえ……」

市井は呆れ顔になったが、急に顔を赤くして、

「いや、それよりもまさかあの、広沢さんと言ったかな、若い方の見習い看護婦さんが定時制の生徒とも知らず、僕の行儀の悪いのが、黒尾さんのところへも伝わっていやしないかと気になって……」

と市井はしきりと頭を掻いて、上目遣いに黒尾の顔を窺った。

「市井さん、看護婦さんに何か悪いことしたんじゃないの？」

市井の側にいた芦田が口を出した。

「酒を飲ませろなんて言いませんでしたか?」

芦田の脇で定野も冷やかした。

「いやいや、そんなことはないけど……」

市井がまた顔を赤くして何度も頭を掻いた。

「あの子はしっかりした子で、病院であったことをやたら人にしゃべったりしませんよ」

黒尾が慰めるように言った。周囲で口々に、とにかく治ってよかった、市井さんは勇気がある、と言うと、市井は気が晴れたような顔をして立ち上がり、

「定時制はいいなあ。昼間の職員室じゃ、こんなふうに話をさせてもらえませんよ。日頃のバッシングがきつくてさあ……」

するど黒尾が、

「実は今度、僕は転勤するんですよ。市井さん、定時制へ移って来たらどうですか?」

と冗談半分に言った。市井は黒尾が転勤と聞いて、

「東京へ?　本当ですか。奥さんは?」

「家内も一緒です。この間校長から転勤内定を言い渡されました」

「それはすごい。よかったですねえ……」

市井は黒尾夫妻の転勤を喜んで、人の好さそうな笑いを浮かべた。

「それで黒尾さんの後任は市井さんに決まりですね」

芦田が市井をからかって、わざと定野に確かめるような言い方をしたので、

「それはまだ、ちょっと待って……」

市井が慌ててうち消し、皆が笑った。市井も本気で定時制に来る気はないらしい。

「後任は校長が、もう決めているでしょうよ」

と定野が言った。

そのとき間島教頭が校長室から戻って来たので、市井はそそくさと立ち去った。

皆が席に着いたのを見届けて間島が言った。

「今回移動なさる方は、黒尾先生ご夫妻ということになりそうです。芦田先生は来年に見送りということで……」

「僕は希望してませんからいいんです」

芦田がわざわざ言った。「見送り」と言われたことが心外だったのである。

確かに間島は余計なことを言ったのだ。しかし間島にしてみれば、芦田が大島に来て三

年経っているのに転勤希望を出さないので、むしろその方が不可解なのに違いなかった。

順平は、まだ秋のころ、例によって三人で釣りに出かけて小物しか釣れなかったとき、芦田が悔しがって、「もう一年かけても絶対に石鯛の大物を釣り上げる」と言っていたのを思い出した。そのことを順平があとで定野に話すと、

「まさか、とは思っていたけど、芦田さんのことだから、案外そんなことを本気で考えて転勤を延ばしているのかも……」

定野はそう言って愉快そうに笑った。

黒尾の転勤が本決まりとなったある日、職員室での打ち合せのあとで、黒尾夫妻の送別会をいつにするかという話になった。岩松もやって来て話に加わった。

ところが、肝心の黒尾が困ったような顔をして話に乗って来ない。

その日は夫人が欠勤していたので、どうしたのかと皆が心配そうな顔を向け始めると、

「実は家内が、ちょっと体調を崩して……」

黒尾が歯切れの悪い言い方をした。

「体調なら、そのうちに治るでしょう?」

間島が不審そうに言った。

「まさか、つわり、なんてことは？」

定野が冗談でも言うような顔で言った。

「実は、そうなんです、それでしばらくは、ちょっとね……」

顔を赤くして黒尾は口籠った。

すると岩松が進み出て、

「実は先週のことですが、黒尾先生から電話を受けて、私が車で、奥さんを王医院にお連れしました」

「王医院？」

皆耳を疑うような顔をしたので、とうとう黒尾が言った。

「産婦人科はあそこしかないんですよ。それで家内が王医院に行って診てもらうと、はっきり言ったんです。この辺の人はこういうとき、皆あの先生にかかるはずだからってね。家内の言う通りだと私も思ったので……」

皆うなずきながらも心配そうな表情が消えない。

「そうしたら広沢絵美がいて、いろいろ気遣ってくれましたが……。それで、結果を聞いたら妊娠三ヵ月とわかって、家内は今すっかり落ち着いています。僕はあの王先生は、産婦人科医としては名医だと思いますよ」

黒尾は少し興奮していた。

「奥様共々のご栄転で、その上お子さんまで授かったのだから、すばらしいですね」

と岩松が言った。

「だから、この上歓送会なんて、とんでもない、皆さんのお気持ちだけで十分です」

黒尾はまるで平身低頭という様子だった。

「黒尾先生が奥さんの分も兼ねて出席するということで、どうですか?」

間島は宴会をやることにこだわろうとした。

「今僕は転勤と家内のことで頭がいっぱいで、この上何か起こるんじゃないかと心配なくらいですから……」

黒尾はどこまでも歓送会を固辞しようとした。

こうなると無理強いするわけにも行かない。黒尾にはその分、餞別《せんべつ》を渡そうということになった。

帰りのスクールバスを降りて歩き出してから順平が定野に言った。

「そう言えば黒尾先生、二、三ヵ月前に転勤希望がうまくいきそうになってから、前よりずっと元気になったみたいですね」

「そんな気がするねえ……。それで子供まで作ったんだから、転勤の威力は絶大だね」

定野が言い、二人で声を上げて笑った。

空にはすっきりと冬の丸い月が浮かんでいた。


三月下旬になればいよいよ学校の一年間も締めくくりとなる。順平が初めて担任をしたクラスは、結局当初より一人減って六人が三年生に進級という形になった。退学した山木健一のことを思うと順平は複雑な気持ちであった。

一方で、定時制にもこの季節らしい明るい話題があった。

定時制から東京の看護学校に進むことになった広沢絵美が、元町港から東京に向かって出発する日がやって来たのだ。それは定時制の生徒たちの密かな期待を集め、皆で港へ見送りに行こうという空気が広がっているようだった。

順平は定野と一緒に見送りに出かけた。桟橋に行ってみると、黒尾はすでに来ていたが、王医院で世話になったという市井の姿は見えなかった。

甲板に出て立っている絵美を見付けるのは容易だった。彼女は、同じ定時制で過ごした仲間が何人も見送りに来ているのを、船の上からじっと見つめていた。桟橋に立つ者たちはときどき手を振ったり、何か叫んだりしている。

「あの子はいつも落ち着いているねえ」

定野が感じ入ったように言った。

やがて出航の時刻になった。

順平が東京の港を出るときに見たような派手なテープの投げ合いもないまま、汽笛が一つ鳴ったあと、船は静かに桟橋を離れ始めた。見送る者たちが一斉に手を振り、別れの叫び声を上げた。絵美は倒れ込むように欄干に寄り、激しく手を振った。

船は次第に速度を上げて大海原に出て行く。振り上げていた絵美の手が下りて、目の辺りをぬぐうのを順平は見た。

「やっぱり、頑張って欲しいという以外にないな」

黒尾がつぶやいた。いくらいい生徒だと言ってみても、東京に出れば芥子粒《けし》ほどにも見られないことがわかっているのだ。

「おや、あそこに立っているのが王先生ですよ」

黒尾が言って指差した。見送る人々の群れから少し離れた位置に白髪の大柄な老人が立っていた。老人は、看護婦をしている老いた妻とともに桟橋の端まで出て、船に向かい右手を高く挙げていつまでも見送っているのだった。

「何年かしてからあの子が若い医者と一緒になって、この島に帰って来てくれると、いいでしょうね」

順平が言うと、

「どうかな……。そういう医者がいればいいけど……」

黒尾は微笑み、また顔を上げて、青海原に浮かんだ白い船の影を見送っていた。

広沢絵美が東京へ出発してから二日目に、今度は黒尾夫妻が大島に別れを告げることになった。

その日もよく晴れて、紺碧に染まった海の景色は眺めているだけでも気持ちがよい。順平は定野と一緒に海を見ながら元町港まで歩いた。

待合室に行くと、黒尾夫妻が他の客に交じって寄り添うようにしてベンチに座っていた。その周囲には、卒業したばかりの教え子が何人か見送りに来ていた。間もなく芦田も笑顔を見せてやって来た。黒尾夫人はやつれた顔で、少し辛そうだったが、それでもにこやかに別れの挨拶を交わそうとしていた。

東京では夫妻ともに、学校は違うが同じ定時制勤めになるというから、すれ違い夫婦にはならずに済む。だが子供ができたからには別の苦労もあるに違いない。それを察しながらも口には出さず、皆それぞれに、黒尾夫人にいたわりの言葉をかけた。

そこへ間島教頭が岩松の車に乗って姿を現わし、黒尾夫妻の長年の労力をねぎらった。

「お陰様で、今日は天気がよくて海が穏やかだから、船旅も楽で助かります」

黒尾が身重の妻を気遣いながら間島に答えていた。

まだ改札を通るまで時間があるというので、芦田が「よい知らせ」を一つ披露した。

「この前盲腸の手術をした市井先生が、恋い焦がれていた教え子と、どうやらゴールインできそうだということですよ」

これには定野も順平も驚いた。黒尾も意外だったようで、夫人と顔を見合わせて喜んだ。

順平は、黒尾のところへ話しに来たときの市井を思い出した。島に骨を埋めてもという市井の気持ちが、相手の家族に伝わったのではないかと思った。

「王医院で手術を受けたのが、よいきっかけになったなんていうことはありませんか？」

順平が言うと、芦田は驚いたという顔をして、

「ご明察です。詳しいことはわからないけど、話が進むきっかけになったらしいと、全日制の方ではもっぱらそういう噂らしい。何しろ市井先生の家へ、その教え子の彼女が見舞いに来たそうだから。大島に残って待ち続けた甲斐があったということですね」

市井が黒尾に話したときは「彼女」の存在などおくびにも出さなかったが、心は大願成就の期待に燃えていたのか。あるいは疑心暗鬼になりかけていたのか。順平にはどちらとも取れたが、広沢絵美を通じて黒尾に何か伝わっていないかと気にしていた様子は、今思い出すとおかしくもなる。

「市井さんの結婚が実現したら、是非僕にも知らせてください」

黒尾が芦田に言った。

それから間もなく黒尾夫妻は改札を通って船上の人となり、桟橋に立って見送る人々に甲板から手を振った。汽笛が鳴ると船は大島を離れ、東京に向かって青い海原に白い航跡を描いて去って行った。

間島教頭は黒尾夫妻を見送ると、再び岩松の車に乗って帰った。

あとに残った三人が顔を見合わせると、定野がこんなことを言い出した。

「間島さんは栄転するんじゃないかな。どうもそんな気がする」

「そう言えば今日は、何だか落ち着き払っていましたね」

芦田が言って定野とうなずき合った。

定野の説明によると、校長や教頭など管理職の異動は前日になるまで発表されないが、普通は四月一日の異動か、それでなければ四月半ばの異動というのもあるという。

春休みに順平は三日間だけ東京で過ごし、三月末には大島に戻って来た。定野や芦田が新年度への備えも考えてそうすると言うので、彼もそれに倣ったのである。

間島教頭はずっと島で過ごしたらしく、新学期が始まってもいつも通りの勤めぶりであった。順平も、間島の身辺に何となく緊張感が漂っているのを感じていた。

そうして新学期開始後、四月半ばのある日、

「いろいろ皆さんにはお世話になりましたが、私も明日、いよいよ都内の学校に異動ということになりました」

間島は職員室で、立ち上がると神妙な顔をして言ったのである。

間島は転勤先にも触れて、島の定時制から都内の定時制へ教頭として異動するのは私だけです、と言って胸を張った。

「ご栄転おめでとうございます」

すかさず定野が立って皆を代表して言うと、

「いやいや……」

間島は照れ笑いをして見せた。その顔には校長になれなかった不満が仄《ほの》見える。

それでは早速歓送の会を開きたいと定野が発言すると、間島はその場で、新学期が始まったばかりのところだからと言って固く辞退した。そして翌日の午後、飛行場まで車を運転した岩松一人の見送りを受けて、飛行機であっと言う間に島を去ったのである。

あとで岩松がこう言った。

「あの人には何の未練もなかったんでしょうねえ、この島に……」

十五　新任者

まだ春休みのうちに、順平はようやく暗い部屋から抜け出すことができた。どうやら岡山の発案におかみさんが同意したということらしい。

新しい下宿は、おかみさんの死んだ亭主の叔父に当たる三好作蔵の家の離れである。作蔵夫婦は高齢のため収入がなく、役場の福祉課に勤める岡山の世話にもなっていた。順平が作蔵の家の離れを借りる代わりに、老夫婦の様子を見てときどき声をかけてやったりして欲しい、と岡山が順平に言った。

作蔵の家は、三好館を出て坂を上がりバス通りを右に行って、山側の家と家の間にある小さな石段を上がった奥にある、古い平屋であった。

三好館のおかみさんがにこにこして、

「斉田先生があの家の離れにいてくれると思えば、わたしも安心なので、どうかよろしくお願いします」

それを聞いて順平は、どうやらこの先もおかみさんの手の内に入るらしい、と内心で当惑した。部屋代はいらないとおかみさんは言うのだが、順平はそれではかえって困ると言い張り、老夫婦に月々わずかながら部屋代を手渡すことになった。

借りた部屋は六畳間で、作蔵の家の一角にあったが、外から直接出入りできるようになっていて、しかも専用の便所が付いていた。南向きで大きな窓があり、願ってもない部屋だと順平は喜んだ。

ただ自炊の設備がないので、その点が定時制勤めの順平には不自由だった。食事は三好館に来れば用意するとおかみさんは何度も言ったが、食事の度に出かけて行くのは面倒だし、三好館を出る以上、順平はそういう世話になりたくなかった。結局外食という形にしたが、部屋の隅にちゃぶ台を置いて電気釜や電気コンロも使えるようにした。

水は作蔵の家の裏にあるコンクリートの水槽に貯めた天水をもらい、それを沸かして使う。大島には湧き水がわずかしかなく、生活水は天水と称する雨水が中心であったから、生水は飲めないのである。三好館にも天水を貯める巨大な水槽があり、風呂などには井戸で汲み上げた塩辛い水を使っていた。

それでも順平は、明るい部屋へ引っ越すことに成功したのがうれしくてならず、小躍りしたい気持ちだった。

引っ越しのときには定野が手伝ってくれた。順平の部屋を見て「いい部屋だ」と褒め、ほっとしたような顔をした。芦田も来て大きな荷物を車で運んでくれたが、不自由な自炊の様子を聞いて気の毒そうな顔をしたので、

「外食もするけど、自炊も好きなようにやります。電気があるし、何とかなります」

と順平は平気な顔をして見せた。

定野と芦田が帰ったあとで、順平は庭に立って自分の部屋の周囲を見回し、板葺き屋根

や古びた平屋の具合をつくづくと眺めた。初めて島に着いた日にわびしい気分に誘われた、あのくすんだ低い家並みの一角で、彼もこれから暮らそうとしているのだった。

しかし別に違和感はない。もしかしたらこのまま大島に居着くようなことになるのかな、と彼は考えてみた。だがそれはとても信じられない気がした。

作蔵の連れ合いは足が悪い様子で、ほとんど表に出て来ない。順平が声をかけると大抵作蔵が顔を出し、部屋代も作蔵に渡すことにした。作蔵はやや腰が曲がっているし痩せているが、見た目よりは元気で、ときどき縁先に出て何か手仕事をしていた。

下宿を移ると毎日午後の出勤も定野と別々になり、順平は早めに出て学校まで歩いて行くこともある。そして帰りには以前同様に、スクールバスを降りたあと海沿いの道を定野と二人で歩いた。

その後も順平はときどき三好館へ立ち寄り、おかみさんに会えば作蔵の様子など話したり、定野の部屋へも上がり込んだりした。だがおかみさんが作蔵の話はもうたくさんだと言いたげな顔をしたので、自ずと順平の足は少しずつ遠退いた。そして順平が珠江と顔を合わせる機会も少なくなった。

順平が三好館から引っ越しをして半月ほど経ったころ、バス通りにある大衆食堂で昼飯を済ませた順平が帰って来ると、下宿への石段を上がったところに珠江が立っていて、彼の部屋の方を見ていた。順平は後ろから近付き、声をかけた。

「珠江さん、どうかしましたか？」

珠江は振り返り、彼を認めると、少し臆したような表情になったが、すぐに親しげな様子を見せて、

「先生、一人でちゃんとやっている？」

からかうような目を上げて言う。

「おかみさんに、様子を見て来るようにとでも言われたの？」

順平がからかい気味に言うと、珠江はこくりとうなずいて、

「これ、たくさんあるから先生にもあげるって……」

と手に持っていた小さな紙袋を順平に渡した。彼が紙袋の中をのぞくと、牛乳煎餅が一包み入っていた。

「この通りちゃんとやっているからもう心配無用だって、おかみさんに言っておいてよ」

順平は珠江に向かって少々いらだたしげに言った。珠江は驚いた顔をしてうなずき、身を翻して帰ろうとした。

「おじいさんに挨拶しなくていいの？」

順平は余計なことだとわかっていながら言った。珠江は振り向いたが、返事もせずにそのまま行ってしまった。

石段の脇の板戸が開いていて、そこからもんぺ姿の女が顔を出した。順平を見、珠江の去った方を見てから、

「今のは三好の娘ずらか……」

「一番下の珠江さんですよ」

順平が答えると、

「へー、ちょっと見ないうちに大きくなって、すっかり別嬪《べっぴん》だよ」

女は感心した様子で言った。

その女は雑貨屋を営んでいて、日用品など作蔵の求めに応じて何かと面倒を見ているようで、順平も顔見知りになっていた。

定時制を去った黒尾夫妻の後任のうち、一人は蔵原睦夫という三十八歳の教師で、世界史が専門であったからその縁で英語も受け持つというわけであった。彼は妻と二歳になる

男の子を連れた三人家族で、揃って離島へ赴任して来たというのだから変わり種のようにも見えた。ずんぐりした体付きで一見気難しい感じの男なので、順平は隣り合った席になってもうち解けるまで時間がかかった。

もう一人、黒尾夫人の後任となった家庭科の河田波子は、定野より一つ上の三十二歳であった。見たところ慎ましやかな美人であったし、小学生の息子を都内に置いて大島へ単身赴任というのだから、これも何か特異な事情がありそうだった。そう見られることを意識したのか、蔵原の世間慣れした態度とは対照的に、彼女の方はいつまでも硬い表情が直らなかった。

四月半ばに間島教頭が島を去ると、すぐに後任の教頭も着任した。小坂次男と言い、彼もまた五十七歳にして妻子と別れての単身赴任だという。定野はそれを知るとがっかりしたような顔をし、順平もなんだか拍子抜けの気分だった。

小坂は物静かな男で、大きな目を見開いて人の話を辛抱強く聞くようなところがあった。蔵原は机が近いせいもあって、この小坂教頭とよく話すようになった。初めのうちは蔵原が自分の来歴をあれこれ話すのを、小坂はもっぱら聞き役になっていた。

「僕は二十歳前後の息子が二人だからいいですけど、蔵原先生は、よく小さなお子さんまで連れてこっちに住む気になりましたね。僕なら、とてもそんな決心はできません」

あるとき小坂が言った。蔵原は自信に満ちた顔付きで、

「私は私立を辞めて公立学校の教師になると決めていましたからね。行き先が大島になったからには、妻子を引き離しておくわけにいかないという、それだけの理由ですよ」

大島の医療施設は確かに貧弱だが、子供の急病などいざとなればヘリコプターを要請して、都内の病院に搬送する態勢はできている。それがわかったので、妻を説得して大島高校に来る決心をした、と蔵原は話した。

教頭始め新任者三人の歓迎会は、港の近くにある蕎麦屋《そば》の二階を借りて行なわれた。小さな定時制にしては大きな教員異動があったのだが、その割に歓迎会が去年に比べてずいぶん地味なので、順平は不思議に思った。岩松の説明によれば、白木会長の意向に合わせた去年が特別だったのだ。それを聞くと、順平は華子のことを思い出して辛い気分に誘われた。

歓迎会のあとで、蔵原は早速釣りの仲間に加わりたいと言った。そして数日のうちに釣り道具一式を買い込むと、竿の使い方から魚のさばき方まで熱心に取り組み、コーチを頼まれた芦田が音《ね》を上げる始末だった。

「大島に来て暮らすんだから、磯釣りぐらい覚えようと思うんだ」

蔵原は誰彼なくそう言うのだった。

その蔵原が、芦田の車に同乗して順平の下宿を見にやって来た。順平はなぜ蔵原がわざわざ見に来たのかと不思議に思った。芦田も同様で浮かぬ顔をしていた。

蔵原は順平の部屋を窓からのぞき、ちゃぶ台を置いた粗末な自炊の様子や天水しか水のない不自由さを見て、何を感心したのかしきりにうなずいていた。

ちょうど出勤する時間になったので、順平も芦田の車に便乗して出かけることにした。

「斉田さんは偉いな。ああいう部屋でちゃんと一人でやっているんだからな」

車が走り出すと蔵原がすぐにそう言って、

「俺のとこじゃワイフが、何でこんなところで暮らさなきゃならないのかって、泣き出す始末なんだ。だから俺は叱り付けてやったんだ。島で暮らすと決めたんだから文句言うな、買い物で出歩くために車を一台買ったんだから、それで十分だって……」

蔵原は憤懣《ふんまん》やるかたないという顔をした。そう言えば蔵原は島へ来て早々に芦田同様のライトバンを使っていた。

蔵原の借りた教員住宅は街から少し離れた林の中にあり、小坂教頭や河田波子の住む教員住宅とも近い。水は天水の他に井戸もあるが、やはり生水は飲めないと言う。

「元町の方はもっと条件がいいはずだって言うけども、大島はどこだって大して変わらないよ。もうワイフに文句は言わせない」

何だ、それが目的だったのか、と順平は何となくがっかりした。運転席で芦田がおもしろそうに笑った。

そんなふうに蔵原の言動が何かと目立つ中で、河田波子も少しずつ自分の来歴を語るようになり、本来の明るい表情を取り戻していった。

河田は三年前に離婚した身だった。彼女の話によれば、夫側の離婚理由は「家風に合わない」という古めかしいものであった。彼女の父親は先方に談判に行ったが、結局泣き寝入りの形になり、一人息子を先方に渡さずに引き取ったのがせめてもの慰めであったという。その後河田は意地でも自分一人の力で息子を育てようと決心し、父親の知人の世話によって教師となって生きる道を見出した。

「とにかく、離島でも三年勤めれば都内に転勤できると聞いたものですから、今はそれだけを目標にして一生懸命働くつもりなんです。そんな考えじゃいけませんか?」

午後の日の差し込む始業前の職員室で、くだけた様子で話していた河田が急に真剣な目をして言い、定野を見、芦田を見、順平を見た。自分の席にいた蔵原も煙草をくゆらせながら側にやって来た。そのとき小坂教頭は席にいなかった。

「教師ならわたしは一生懸命やれると思ったんです。でも大島の定時制の口しか空いてないと言われたときは、どうしようかと思いましたけど……。本当にわたし、死ぬ覚悟でここに来たんですよ」

そう言って河田は照れたように笑った。

「息子さんは今どうしているんですか？」

定野が聞いた。

「息子は今度二年生になって、今は八王子にいる、わたしの両親のところに預けてあります。だからわたしは息子と一緒に過ごす時間を少しでも多くするように、二日以上の休みがあったら必ず東京に戻るようにしたいんです。そんなふうにできるかしら……」

河田は哀願するような目を三人に向けた。

「それはできるだけ帰ってやった方がいいよ。河田先生は大変だけどなあ」

と蔵原が言った。

河田は教員として経験不足な点は多かったが、その代わり生徒には生真面目な対応ぶりであった。それに家庭的な雰囲気もあったから、定時制の生徒たちに親しみを持たれた。彼女の席へ女子生徒がやって来て、まるで母親に甘えるような様子でいつまでも立ち去らないこともあった。

職員室ではそれが目に余ることもあり、定野が見かねて言った。

「河田先生、あの子たちには適当に相手をしてやって、適当に追い払わなければ駄目です。さもないと先生が大変でしょう」

「そうですか……」

河田はそう言われるとかえって悩んだりした。

職員室では年長者の部類になる蔵原の存在感が増して、その明確な発言ゆえに蔵原の一言で決まるようなことがしばしばあった。その点、教職経験のない河田は常に控え目で、ひたすら周囲に合わせるように心がけていた。

順平は河田のような女性がどうして離縁されたのかと不思議でならず、あるときそれを定野に話してみた。

「そうだねえ、家庭科の先生だから何でもできるだろうし……。でも、子供がいるのに一人でこんな島に赴任して来るんだから、見かけによらず相当なもんですよ」

そう言って定野は、とても叶わないとでも言いたげに首を振って見せた。

順平は、自立しようと必死に生きる女性の姿を間近に見るような気がして、学校に出ると自ずと河田波子の様子に注目するようなことがしばらく続いた。

学校が夏休みに入ると、その日のうちに河田波子は船で島を出た。八王子の実家にいる八歳の息子のところへ行くためである。

定野が東方汽船に勤める大山剛を通じて河田の切符を手配してやったということを、順平はあとになって知った。定野も案外世話好きなのだと彼は思った。

順平は昨年とは違って何となく余裕があり、東京行きを遅らせて一週間ほど大島で過ごすことにした。蔵原や岩松がしきりと引き留めたせいもあったが、何よりも新しい下宿が気に入っていたし自由も利くようになったので、弟の政志に夏になったら大島に来ないかと言ってあったのだ。大学の四年になった政志は、今年の夏は就職活動もあって忙しいと言ったが、大島へは七月中に必ず行くと言ってきていた。

夏休みに入る早々久し振りの釣り大会があり、順平も定野や芦田そして蔵原も一緒に参加した。翌日の昼近いころ、順平が部屋の真ん中に大の字になってうとうとしていると、開け放った窓の外で物音がした。目を開けて見ていると、珠江の顔がのぞいてこちらを見、またすぐに引っ込んだ。

　順平は起き上がって窓から顔を出した。二、三歩離れたところに珠江は立っていて、

「ごめんね、先生、寝ていたんでしょ？」

　済まなそうな顔をして彼を見て、

「昨日、先生もうんとお酒飲んだずら。定野先生が朝遅く起きて来てそう言ってたもん。酔いつぶれているに違いないって……」

「それで心配して見に来たのか。またおかみさんにそう言われたの？」

　どうせそうだろうと順平は思ったのだ。

　珠江は顔を赤らめて彼を見ていたが、

「おかみさんに言われなければ、ここへ来ちゃ駄目？　先生……」

「えっ？」

　と順平は思わず珠江の顔を見返した。とたんに珠江はおかしそうに笑い出し、

「いいよ先生、今日は酔いつぶれて寝ていなさい。おかみさんには言わないでおいてあげるから……」

そのまま向こうへ行きかけて振り返り、

「これから浜見屋に行くの。また橋沢さんのバイクに乗せてもらうかもしれない……」

珠江は小走りになって石段を下りて行った。

その後ろ姿が見えなくなると、順平は思わず一人で笑った。今までになく珠江が生意気な感じで、また妙に愛らしくもあった。

昨夜は釣り大会が終わってから釣った魚を水炊きにして、昼間の教師数人と一緒になって遅くまで酒を飲んだ。例のごとく教員住宅の長島の部屋だったが、順平はいつ、どう歩いて帰って来たか明確な覚えがない。

今朝は日が高く昇ってから暑苦しさに目覚めて、先ほどお茶漬けを一杯食べた。そう思い出してよく見ると、ちゃぶ台の上には茶碗や箸に梅干しの瓶詰め、コップなどがそのままになっている。珠江は窓からのぞいてこれを見たに違いない。それであんな憎まれ口を利いたのだろう。

あの様子ではまたしばらく現われないかもしれないが、こんなふうに珠江がときどき顔を見せてくれるのも悪くはないな、と順平は仰向けになってぼんやり考えた。

弟の政志が来たのはそれから三日後だった。

朝の船だったので順平は日の出とともに起き出して元町港に出迎えた。下宿に案内して一休みしてから、政志の持参した土産の和菓子を順平が作蔵に渡すと、作蔵は政志を見上げてうれしそうに礼を言った。

その日は政志が三原山に行きたいと言うので、順平はバスを使った観光コースを案内した。彼自身バスで登るのは初めてだった。頂上付近の雄大な眺めに感嘆する政志を見ながら、順平は去年の夏に歩いた三原山の岩や砂を思い出していた。バスを使えばこんなにも簡単に登れる山なのかと呆気に取られる気分だった。こうして頂付近で眺める三原山のきれいに整った景色がなんだか信じられなかった。

帰りがけに三好館に寄っておかみさんに弟を紹介した。おかみさんはにこにこして、

「今日は久し振りでご兄弟仲良く過ごせて、いいですね……」

弟のことは定野に言ってあったので、おかみさんも承知していたらしく愛想よく弟を迎えた。だが順平は、おかみさんがいつになくあっさりしているようにも感じた。座り込んで話すようなこともなく、二人はじきに三好館を出て来た。

順平は、もうおかみさんのそういう態度の一つ一つを気にしないことにしようと思った。あの薄暗くてじめじめした部屋で鬱々として過ごす必要はなくなったのだ。小さな島

ではあっても、この大島の天地を自分の天地として暮らす自由があるのだと思った。

翌朝、天気は快晴で海も静かとあって政志も喜んだ。二人は早速順平の用意した釣り道具を持って釣りに出かけた。

二人は日の出のころに弘法浜で蟹を捕り、下宿の部屋に戻って朝飯を取ったあと、波浮港行きのバスに二十分ほど乗って千波《せんば》崎の磯へ行った。そこはつい先日、順平が一キロ余の舞鯛を二匹釣り上げて、芦田や定野を感心させ、蔵原を大いに驚かせた釣り場である。そのとき芦田に教わって初めて作った魚拓を、順平は昨夜部屋で酒を飲みながら政志に見せて自慢したのであった。

政志は元々釣りに興味があったから、磯に出ると竿の使い方を覚えるのに時間はかからなかった。そうして磯にいる三時間ほどの間、二人は子供のころを思い出し嬉々《きき》として釣りに興じた。ウミウシやウツボがかかって大騒ぎした割に、持って帰る獲物は順平が釣った小型の石垣鯛一匹だったが、政志はそれを家への土産にしたいと言った。

磯に腰を下ろしてときどき釣り竿の先に注意を払っていたとき、政志はしきりと順平を羨ましがった。

「いいなあ、兄貴は……。俺も早く就職して、一人で自由な暮らしをしてみたい」

「暮らしてみれば、こんな島でも結構いろいろなことがあるんだよ」

と順平は言った。

政志が何事か考える様子でなおも青い海原を眺めているので、順平が訊いてみた。

「もう一晩、泊まって行くかい？」

「いや、いい。今日の船で帰る。明日の予定があるし、一晩泊めてもらえば十分だよ」

政志はあっさり言った。

ふと順平は、東京の大学に通う弟の目から見ても、今の順平の暮らしは別世界のように見えるのかもしれないと思った。

定野も芦田も昨日のうちに島を出ているはずだ。順平も弟と一緒に午後の船で東京に行くことにしていた。珠江の顔を見たかったが無理にそうするつもりはなかった。

十六　文化祭

夏の東京は至るところ建設ラッシュの様相で、オリンピック景気の噂があちこちから聞こえていた。そういう賑やかな街が、順平にはよそごとのように見えるのが不思議だった。

そのような景気や活力とほとんど無関係な辺地で、湿った空気に取り囲まれて生きているのが今の自分だ、と順平は思った。しかしそういう自分が嫌なのではない。あの大島の雄大な自然や広々とした海は何を語ろうとしているのか。それを少しでも多く体に受け止めて、いずれは東京に帰って来る。そういう自分を彼は思い描くのであった。

八月の下旬になったところで、順平は母の時子にそろそろ大島に帰ると言った。時子は特に引き留めることもなく、順平を送り出した。

曇りがちな日が続いて海も荒れ気味のようだった。順平は少し迷った揚げ句、前回同様に船に乗る距離が短い伊東回りで島へ渡った。船が元町港に着いて下船すると、順平はその足で三好館に立ち寄った。おかみさんが出て来たので手土産の和菓子を渡し、定野が戻ったかどうか聞くと、先ほど学校に行ったようだと言う。珠江の姿も見えなかった。

おかみさんがお茶を入れようとしたが、順平は船酔いを理由にそれを断って、そのまま下宿へ帰った。

夏休みが終わって生徒が学校に現われるまで、まだ一週間あった。学校で蔵原と顔を合わせると、彼は順平にこう言った。

「休みの間は学校の用もないから、女房と子供を車に乗せて島のあちこちへ行ったけど、土地が安いんでびっくりした」

この休み中に蔵原のところへ、土地を買わないかという話が二つも来たそうで、蔵原は興味半分にそれらの土地を見に行ったのだという。しかし所帯持ちではあっても土地を買って島に住み着く気など、初めから蔵原にはないのである。

「どうにも暑いし、退屈でね。退屈でやることがないという状態に慣れてしまうと、人間というのはますます駄目になるばかりなんだな」

蔵原はそう言って笑い、しきりと釣りに行きたがった。

芦田が島に戻って来て四人揃うと釣りに出かけた。そして釣り場を替えて二度出かけたが、結局めぼしい獲物はなかった。

「どうも夏は客が多くて、磯が荒れていて駄目みたいだ」

元町へ帰る車の中で、芦田が言い訳でもするようにつぶやいた。

蔵原は酒好きであったから、それでは酒を飲もうと言って彼の家に誘おうとし、岩松は芦田を突っ突いて見せては麻雀に誘いたがるというわけで、一応暇つぶしには事欠かない日々であった。

だが順平は釣りにも以前ほど気乗りがせず、かと言って何かと付き合わないわけにもいかないという具合だった。今年は秋の文化祭に定時制の生徒も参加することになっている。何からどう手を付けていったらよいのか、それが夏休みの前から順平の頭の中にある問題だった。

蔵原の家で雑談していて、順平が学校の仕事のことを話題にしようとすると、

「そんなことは学校が始まってから考えればいいんだよ」

と蔵原に一蹴されて盃に酒を注がれるのがせいぜいだった。すると大抵芦田が妙な笑い声を立てて順平を見、定野は苦笑してすぐに他の話題を口にするのだった。

順平は、そういう仕事の割り切り方ができない自分のことを思って、三人に調子を合わせるより仕方がなかった。

二学期が始まって間もなく、打ち合わせ会の冒頭で小坂教頭が口を開いた。

「十一月初めの文化祭で何をやるのか、内容を具体的に全日制の方へ知らせなければなら

ないと思いますが、どう答えましょうか」

　昨年の校長への直談判が結果を呼んで、今年は全日制と合同で文化祭を行なう。合同が無理なら便乗してでもという、定野の言い方によれば親亀の背中に子亀が乗るような計画で、すでに一学期のうちに生徒にも話して何の異議もなかった。そこで何を出し物にするか考えておくことになっていたが、生徒たちもいざとなるとまるで半信半疑のようで、思いがけない「文化祭」に気分が乗って来ないままになっていたのだ。

　とにかく生徒に何かやらせたいと、順平は夏休みの間にいろいろ考えた末、短い喜劇を生徒に上演させる案を持っていた。その台本になりそうな作品も東京の大きな本屋で探してあった。狂言を翻案した三十分ほどの単純明快な劇で、何よりも装置に手間のかからないのがありがたい。順平担任の三年生六人だけでできそうなのも気に入った。その劇がうまくいけば、生徒が自分で何かを表現するということに、もっと興味を持つようになるのではないか。順平はそんな夢想を抱いていた。

　小坂教頭の発言があったので、皆が改めて首を捻ったところで、順平は自分の案を述べてみた。するとすぐにその案が認められて、

「一つできれば大したもんですよ」

と定野が言う。するとさすがに蔵原は、目を白黒させてすぐに言った。

「一つだけというのは、どうかな。他に展示とか、何かできないかと思いますが……」

小坂教頭がうなずいて蔵原に同感を示した。

そこで、定時制は農業科なのだからまず農業関係の発表や展示、そして女子は家庭科の発表展示もできるのではないかということになった。

それまで黙っていた芦田もとうとう言った。

「僕は二年の生徒にもう一度考えさせて、何かやらせます」

何をやるかは一週間ぐらいで決めると言うので、芦田に任せることになった。

順平は自分のクラスへ行って早速文化祭の話をした。六人の生徒を前にして、「演劇を上演して文化祭に参加するのはどうか」と言うと、

「劇？　劇って何やん？」

「昼間の子らと一緒にやるなんて、考えたこともないが」

「大勢人が見に来るなんて嫌だ、先生……」

生徒は口々に勝手なことを言った。順平は防戦一方になりそうだったが、

「劇は小学校や中学校で、皆少しはやったこともあるんじゃないかな。自分が、自分以外

の人間になるっていうのはおもしろいと思わないか？　もう皆じきに大人になるわけで、いろんなことを考えたり、想像したりすることもできるんだから、劇だって本物ができると思うよ」

生徒たちに懸命に言って、皆で取り組んで稽古にかかることをどうにか承知させた。彼はこの文化祭の催しを通して、自分がどれだけやれるか精一杯試す意気込みだった。

それにしても順平自身は演技の経験はなきに等しい。大学の演劇部へ入部希望者として行ったら、おまえは向いてないから駄目だとその場で断られた苦い経験もある。体の反応や動きが鈍過ぎるというのがその理由だった。だが観劇の方は、学生時代にアンダーグラウンドから歌舞伎までずいぶん見て回り、劇に対する関心だけは持ち続けていた。それがここへ来て一気に指導者の立場になるわけだが、順平としてはやる気満々だったのだ。

六人ぐらいいれば、演技やせりふに興味を持つ者が一人や二人はいるだろう。仲間同士で興味が広がって来れば、生徒はそう簡単に諦めたりしなくなる。手助けして一緒にやる者がいればますます乗って来るに違いない。上手下手は問題にせず、おもしろがってやることが第一だ、と順平は割合楽観的に考えてもいたのだ。

しかし生徒が演劇自体に興味を持ってくれないことにはどうにもならない。そう思った順平はまず生徒に向けて、落語をもとに作った寸劇を自作自演でやって見せた。

初めのうち、順平が教壇で一人二役で演じるありさまに、生徒たちは大喜びだった。演じてみせるだけで冷や汗ものだったのに、せりふが頭に入っていなくてしどろもどろになったり、頭に血が上って素っ頓狂な声が出てしまったりして、順平は生徒の前ですっかり上がってしまい、さんざんだった。ところがそれが逆に功を奏して、じぶんもやってみたそうに落ち着かない表情を見せる者が出て来た。そうなれば順平の思う壺であった。

家庭訪問を拒否した水沢三代子が皆と一緒に笑っていたのも、順平には救いだった。だが、ごく日常的な場面を想定したせりふのやり取りを、代わる代わる生徒を指名してやらせてみたとき、思いがけないことにぶつかって順平は愕然とさせられた。

親に挨拶して学校へ出かける場面で、ごく普通の会話と思われたやり取りを、指名された二人の生徒がなかなかやろうとしない。一人は白木為蔵の「大島週報」に雇われている平井徹で、興ざめ顔をして棒読みするばかり。順平がどうしたのかと訊くと、こんな会話をしたことない、親は家にいるときいつもぶすっとしているだけだという。もう一人は前山伊代という比較的活発な女生徒であったが、口を真一文字に結んで拒否の表情である。わけを訊くと、いつも部屋に一人でいるだけでこんなふうにやったことがないから嫌だと言うのであった。

貧窮ゆえに子供のときから家庭的に恵まれないことの絶望や恨みから、生徒はいつまでも自由になれないでいるのだ。順平は胸がつぶれる思いであったが、何とか文化祭での上演まで漕ぎ着けようという意志だけは堅かった。

結局順平は寸劇練習を切り上げて、そのまま上演台本に入ることにした。

その劇は「腹」という題で、内容は、家宝の壺を我がものにしたいと狙う兄弟が神様の前で互いの腹の探り合いをして、揚げ句に二人とも罰を受ける羽目になるという喜劇で、キャストは兄弟二人に老婆を加えた三人である。読み合わせをさせてみると生徒たちはおもしろがってやるようになり、順平はほっとした。

そこで順平は、生徒の自薦他薦も聞いた上でキャストやスタッフの役を決めた。平井徹や前山伊代がキャストを希望し、水沢三代子はスタッフの一員として効果音や小道具を受け持つことになった。

順平が稽古の効果を上げようとして、昼間の時間に皆が学校に集まれる日曜日に稽古をしようと言うと、もはや生徒の中に嫌がる者はいなかった。むしろ自分たちの活動が充実してくることを喜び、興奮して来るのだった。

ところが、そのことを順平が職員室の会議で話すと、思いがけない反対に遭った。

「日曜日に出て来て練習するというのは無茶ですよ。この学校には、休日に生徒が出て来て校舎を使えるような決まりがありません」

と、まず定野が言い、気の毒そうな顔をして順平を見た。すると蔵原が、

「順序が逆なんですよ、斉田さんは。職員会議で了解を得てから生徒に話すべきなんだ」

と素っ気なく言った。非常識だと言わんばかりに切って捨てられたようで、順平は驚き慌てた。

小坂教頭はどれももっともな意見だとうなずいている。

順平は当惑したが、生徒の興味を何とか前に向けさせたいということしか考えなかった。

「定時制の生徒は普段仕事に就いているから、日曜日も使わないと、とても練習が足りません。校舎が空いているんだったら、何とかして日曜日を使えるようにできませんか」

珍しく順平が粘るので、定野も蔵原も渋い顔をし始めた。

ようやくそれまで黙っていた小坂が口を開いた。

「それではとにかく、私が責任を持つことにして、全日制側とも話してみます。斉田先生

の言うことにも一理あるわけだから……」

結局、小坂教頭が責任を持つということで、日曜日の午後に夕方まで学校で劇の練習ができることになった。

早速次の日曜日に生徒を集めてみると、順平担任の三年生ばかりでなく、他の学年の生徒も伝え聞いて何人かずつやって来た。これには順平も驚いた。多くは稽古しているのを脇から見ているだけだったが、四年生の中には、手伝いでもいいから一緒にやりたいと申し出て来る者もいた。

それから数日して、今度は芦田が発言した。

「二年生で、文化祭当日に何をやるかという話をさせたら、野球の試合をしたいというんですが、可能ですか？」

これには職員室の皆がびっくりした。それが文化祭にふさわしい催しになるかというのが第一の問題だった。

文化祭の当日は日曜日だから生徒も暇な子が多い。だから運動場が使えるなら是非実現させたい、と芦田は言った。日曜日に学校に来て仲間と一緒に何かやれる。そういうまたとないチャンスであることに、生徒たちは気が付いたのだ。

「エキジビションとも言えないし、文化祭の最中にやるのは、どうかな……」

定野が渋い顔をした。

「とにかくあの連中はエネルギーだけは余っているので、やらせてやれば大喜びですよ」

芦田が言うと、

「やらせてあげましょうよ……」

河田が哀れむような声で言ったので、皆思わず笑いがこぼれた。

だが全日制側との打ち合わせの中で、文化祭当日は一般の客が校内に入るので不適当だということになり、彼らの野球は文化祭終了後、翌週の日曜日に許されることになった。

一方展示の準備では、生徒を動かすのに苦労していた。農業科の展示を担当した定野と蔵原は初めから大したことはできないと見越して、できるだけ手間のかからない形にしようとした。それに対して家庭科担当の河田は責任を意識して、少しでも見栄えのある展示にしようと懸命に取り組んだ。彼女は定野のところに行っては相談したが、文化祭なんだから生徒の希望に合わせて適当にすればいいと言われ、河田がなかなか納得できない様子に小坂教頭も苦笑していた。

順平は河田に同情を感じ、ときどき彼女のところへ行って互いの準備の様子を話し合った。だが河田が展示に出す生徒の文章を見て直してほしいと言って来たときには、彼はそれを断ってしまった。

「どうして……。国語の先生だから頼んでもいいかと思ったのに」

河田はひどく恨みがましい顔をして順平を見た。

「文化祭だから、生徒の発表の出来映えにあまり細かく神経を遣わなくても……」

と順平は結局蔵原や定野と同じようなことを言って尻込みした。とてもそんな余裕はないというのが彼の正直な気持ちだった。

順平は生徒の劇の稽古に熱を入れ、日曜日も欠かさず学校に出たから、毎日気の休まることもない。しかしまるで苦痛を感じなかった。生徒たちも普段見せないような活気を見せて、次第に順平に対しても遠慮なくものを言うようになった。その変貌ぶりに、順平は内心で驚いたり喜んだりしていた。

当初は小坂教頭が、日曜日の学校へ普段着姿で様子を見に来た。やはり自分の責任ということもあり、順平の指導ぶりが気になったのだ。教室の隅に立っている教頭の姿に気付いて順平が駆け寄ろうとすると、小坂は手を振ってそれを制し、いつの間にか立ち去った。

そして三回目の日曜日には、小坂は姿を見せなかった。

　文化祭が近付いて稽古も熱が入っていた。順平が昼過ぎに学校に出て行くと、

「先生、テレビ見たい」

　練習場所の教室に集まっていた生徒たちが期せずして言い出した。順平がびっくりした顔を向けると、東京オリンピックで女子バレーの試合が始まる時間だと言う。オリンピックの試合に日本中が沸き立っているのは順平も知っていた。しかしテレビのある家などごく限られている。順平は、テレビを見たいという生徒の顔を見ているうちに、ともかく警備室に行って可能かどうか訊いてみようと思った。

　すると思いがけなくも、居合わせた白髪頭の警備員は体育館の舞台に大きなテレビがあると言って、にこにこしながら体育館を開けてくれた。

　順平は妙にうれしくなって、大喜びの生徒たちを舞台の上に集めた。テレビのスイッチを入れると、映りは悪かったが試合の様子はよくわかる。新聞をも賑わしている「東洋の魔女」の活躍ぶりに、生徒たちは熱中して歓声を上げ続けた。隣同士肩を叩き合い、そうすること自体に興奮しているようにも見えた。仲間と一緒に楽しむという機会さえも、普段の彼らには乏しいのだった。

その日の劇の稽古は予定した時間の半分ほどやっただけだったが、順平はつくづくテレビを見せてよかったと思った。オリンピックもいいものだと思った。

翌日、授業の休み時間に河田がわざわざ順平の席へやって来て、

「斉田先生、昨日は体育館でバレーの試合を見たんですって？　生徒が大喜びよ。さっき二年の女子がわたしにそう言うんだもの」

にこにこ顔で言ってから急にそっぽを向く仕草をして、

「そんな時間があってもわたしの手伝いはしてくれないのねっ」

呆気にとられた顔の順平を笑いながら、彼女は向こうへ行ってしまった。そんな冗談を言うところを見ると、河田も学校の中にいて大分余裕が出て来たのに違いなかった。

文化祭も間近になって、順平は最後の日曜日の稽古をほぼ予定通り終えた。夕刻、リハーサルを何回やると言い騒ぐ生徒たちを送り出して、彼は一人で校門を出た。

普段は少し暗くなるとどの店も閉じてしまうが、港の脇の飲食店の灯りはまだ点いている。夕食をその店で済ませて帰るつもりで順平が港に向かう坂道を下りて行くと、脇の路地から鮨桶《すしおけ》を提げた若者が出て来た。近くの家へ鮨の配達をしていたのだろう。見ると、珠江と一緒にいたバイクの若者のようである。

順平ははっとした。確か橋沢という名だと思い出したが、声をかけるわけにもいかない。

若者も彼の方を見た。しかし、あえて順平を無視しようとする態度で背筋を伸ばし、落ち着き払って前を歩いて行った。いかにも自信のあることをアピールするような態度だ。

珠江を渡さないという気に違いない。順平には手に取るように若者の気持ちがわかった。この若者はごく普通の気のいい若者に違いないと思い、憎む気がしなかった。

そのとき彼の脳裏に、この前三好館に寄ったときに見たおかみさんの、よそよそしい態度が浮かんだ。珠江にも二ヵ月ぐらい会っていない。彼は何となく敗北感のようなものに襲われるのを感じた。

飲食店で順平はこの前来たときと同じように親子丼を注文し、待っている間にビールを飲んだ。店の窓を通して見える海は暗く、遠くに対岸の伊豆稲取辺りの灯りが小さくぽつんと光って見えた。

先ほど目にした橋沢という若者を思い浮かべながら、珠江がもう姿を見せなくなるのならそれでいいと順平は思った。

文化祭当日になると、教室に設けた仮の舞台で、プログラムの通りに、定時制の生徒による三十分ほどの劇が演じられた。

生徒たちはだいぶ緊張していくつかの失敗もしたが、何回か観客を笑わせることもでき、とにかく劇は無事に済んだ。たとえわずかでも昼間の生徒や一般の人が混じる観客の前で、劇を演じて見せたことで、生徒は皆喜び、興奮していた。

「先生、皆こうやって笑っていただい、よかったわあ」

観客の笑う仕草をまねてうれしそうに、順平に言いに来たのは前山伊代だった。

「先生、社長さんが来てたよお」

そう言って顔を真っ赤にして喜んでいたのは平井徹だった。社長とは白木為蔵である。

だが、家族が来たことを言った生徒は一人もいなかった。

順平は面目を施した気分であったが、後日の職員会議では、やはり定時制の文化祭は十分な準備ができず無理が多いという空気が強かった。毎年全日制に頼って実施するようでは、いずれは生徒もそっぽを向くに違いないという意見も出た。来年はまた、定時制の実行できる行事のやり方を考え直そうという結論になったことに、順平も納得した。

「それがわかっただけでも、今年の文化祭はよかったと私は思いますよ」

小坂教頭が最後にそう言った。

一週間後の日曜日には、全日制の生徒が一人もいない昼間の校庭で、定時制の野球大会が行なわれた。芦田の表現によれば、二年生の「悪ガキチーム」対他学年混成チームの試合である。

二年生の男子十人は全員早くから来て練習していたが、混成チームの方は四年の片田、大山始め欠席が多く、人数が揃うかどうかと芦田をやきもきさせた。結局、混成チームのピッチャーがいないというので、順平が投げる羽目になった。芦田は審判役であった。やむなく蔵原と定野は不慣れな塁審に立ち、何度も無様な判定ぶりを示したが、これもかえって生徒の興味を掻き立てる役に立った。

試合は初めから「悪ガキ」の一方的なペースで、「混成」の男子は声もない。順平は授業で世話を焼かせる憎たらしい悪ガキどもに、投げるボールを次々と痛打された。中でも、街の風呂で何度も会った無鉄砲で人の言うことを聞かない生徒に、真ん中の直球を校庭の奥の崖の上まで一気に持っていかれた。すかっとするほどいい当たりで、順平はマウンド上で思わず手を叩いた。

二年生の女子四人は揃って歓声を上げ、この甲高い声が雰囲気を盛り上げた。河田も彼女たちのところへ行って一緒に声を張り上げ、ちらほら姿を見せていた他学年の女子もそこに集まって応援した。

試合が終わると、その場で小坂教頭差し入れのジュースが一本ずつ振る舞われ、生徒を喜ばせた。

生徒たちを帰すと、職員室に皆が揃ったところで、小坂教頭が岩松と二人で校長室からビールを数本抱えて来た。

「校長には事後承諾でいいらしいですから、皆さんいただきましょう」

小坂はそう言って皆に振る舞った。

帰るときは午後の日が斜めに差していた。教員住宅に住む小坂と蔵原、河田が岩松の車に乗せられて去ったあと、定野、芦田に順平の三人が歩いて帰ることになった。

「学校の行事なんて、ない方が我々は楽なんだけどね……」

と定野が自らの経験を匂わせてつぶやいた。

「そうですね、何もなければ生徒が文句を言うこともないしね」

と芦田が応じた。

「つまり我々教師が楽をすると、生徒も活力を失うという関係で、その逆もある……」

順平がわざとらしくつぶやくと、芦田がおかしそうに笑った。

「まあ、そういうこともあるけどね」

定野が苦い顔をして言った。順平の言い方が気にくわなかったのに違いない。

そう言えばこのごろ、定野は何となく不機嫌そうな顔をすることが多い。スクールバスを降りて三好館まで一緒に歩くとき、順平よりは饒舌なはずの定野がほとんどしゃべらないこともある。定野は文化祭のことで全日制側とときには面倒な交渉に当たる役だから、そのために神経が疲れているのかもしれない、と順平は思った。

十七　許嫁

「芦田さんはこのごろ石鯛狙いに夢中で、何だか殺気立っているみたいだね」

校門の前でバスを降りてから定野が言った。グラウンドの向こうに広がる灰色の海原は遥か彼方で白波が立っているようだ。

順平は数日前にも定野が同じことを言うのを聞いた。二人とも芦田がしきりと一人で釣りに出かけているとは知っていたが、西風は冷たいし海辺は寒いし、どんな情報を得たにしろ、そんなに簡単に石鯛が釣れるとも思えなかった。

ところがその日、日が西に落ちかかったころ、

「とうとうやりましたよ」

芦田は言いながら、充実感を顔いっぱいにみなぎらせて職員室に入って来た。獲物は波浮港脇のキャンプ下の磯で昼少し前に釣り上げたと言う。早速明日にでも、定野、順平、蔵原の三人が芦田の部屋に行って実見しようということになった。

翌日の午前中に三人が行ってみると、芦田の部屋の真ん中に置かれたちゃぶ台の上に白い布を敷いて獲物が横たわっていた。体長約五十センチ、重さ二・二キロ余りの石鯛で、さすがに大物の威厳を備えていて、三人とも感嘆の声を上げた。

「これは引きが強そうだな。一人で上げられたんですか」

順平が思わず興奮した声で言うと、

「頑張れば上げられないこともないだろうけど、たまたま近くで竿を握っていた人が手伝ってくれたからよかった」

芦田はそう言って、釣り上げたときの様子を身振り手振りを交えて話した。

それから芦田は、昨夜学校から帰って来て深夜二時間以上かけて作ったという、見事な魚拓を見せた。

「これで芦田さんも心おきなく故郷に帰れるというわけだね」

定野が言うと、芦田はうれしそうに、

「もうこれで釣りをやめるとしても悔いはありませんよ」

「これが私の卒論ですというわけだね」

蔵原が珍しく冗談を言ったが芦田は満足そうに笑った。

「お袋にもだいぶ待たせちゃったから、正月に帰ったらこれを見せてやろうと思うんです」

芦田は魚拓を指差して、ちょっとしんみりした顔になった。

彼の母親は二、三年前から病気がちなのだという。きっと息子の都内転勤の知らせを心待ちにしているのだろう。

釣った石鯛はさばいて切り身にして、普段世話になっている近所の人に配りたい、と芦田は言った。誰も文句を言わなかった。

昼になるころ順平が芦田の家から帰って来ると、封書が一つ届いていた。母の時子から

の手紙で、読むとその中に、

「政志の就職が決まり、妙子の婚約も整ったのはいいけれど、来年はまたちょっと寂しくなるかもしれません。今度のお正月には、順平もゆっくりできるようにしてください」とあった。順平はその母の言葉に順平を頼りに思う自然な情を感じた。彼はしばらくその母の文字を眺めていた。

それから順平は、正月はできるだけ家でゆっくりするつもりだという内容の返事を書いた。外に出てその手紙を投函し、ついでに港の近くの店に寄って少し食料を買い込んだ。日差しはあったが、海から来る西風が強くて冷たかった。港の辺りの閑散とした景色を眺めながら、順平が海際の道をやめてバス通りを回って帰ろうとしたとき、向こうから歩いて来た珠江に会った。

珠江は無言のまま足を止めて、順平を見た。いつもながら、後ろで結んで長く垂らした髪と肩の丸い感じが歳より幼く見え、愛らしい。

「やあ、元気ですか？」

順平は声をかけた。そのまま行き違ってもいいような感じが彼にはあった。

「斉田先生……」

珠江のきりっとした澄んだ目が彼を見た。彼は思わずはっとして足を止めた。

「珍しい、こんなところで先生に会うなんて……。どこへ行くの、先生？」

「いや、買い物をして帰るところだけど、風が強いから海の縁を歩くのをやめたんだ」

珠江はうなずき、彼の右手が提げている紙袋に目を止めると、顔を赤らめて、

「一人だから大変ね、先生……」

微笑んで彼を見た。

「うん、それほどでもないけどね……。珠江さんは、今も浜見屋で働いているの？」

順平の問いに珠江はうなずいて、

「これからまたお店に戻るところ……」

そう言ってまた微笑み、軽く会釈をして坂を下って行った。

順平は珠江の後ろ姿を見送った。彼女の振り向かずにいそいそとして去る姿に、何だか以前の幼さとは違う感じがあった。

湿った風の吹く海際の夜の道を歩きながら、定野と順平はしばらく無言だったが、

「三好館は、このごろどうですか？　僕はどうも、最近おかみさんと会うこともなくなっ

てきたので……」

順平がそれとなく定野に訊いた。

「そうね、おかみさんは斉田さんのことを、前みたいに心配したり褒めたりしなくなったな。もちろん悪口も言わないけどね」

定野は答えたが、なぜおかみさんのことを気にするのかという顔で順平を見た。

「この間珠江さんに会ったけど、少し変わった感じがした。大人びたような……」

「あ、そう、それは気が付かなかったな」

定野はちょっと意外そうな顔をした。

「僕もよくは知らないけれども、この道の辺りで珠江さんと一緒にいる若者を見たことが、何度かあるんです。恋人がいるんですかね」

「ほう……」

定野はまだ橋沢の存在を知らないらしい。それは順平にとって予想外の反応だった。おかみさんが橋沢の話をしないからかもしれない。だとすれば珠江はどうなっているのだろう、と順平の胸は微かに騒いだ。

三好館の入り口の前に来たところで立ち止まると、定野が改まった口調で言った。

「次の週末に、僕はちょっと国へ帰って来ます。親父の言うことなんで、僕も聞かないわけにいかないんだ。戻って来たらまた連絡するから、そのときはよろしく……」

順平は返事をしたが、定野がなぜ国へ帰るのかはわからなかった。

金曜日になると定野は休暇を取って福岡へ帰った。そして日曜日の早朝に船で戻って来た。そうして昼前、定野は不意に順平の下宿にやって来て言った。

「斉田さん、ちょっと、悪いけど三好館に来てくれない？」

何だろうと思いながら順平が外へ出て一緒に歩き出すと、

「前に言った許嫁を連れて来たので、斉田さんにも紹介します。今小村さんと岡山さんがいるけど一緒で構わないから……」

順平は驚いたが、黙って定野に付いて行ってみた。

食堂に入って行くと、

「やあ、斉田先生しばらく……」

小村が短い首を伸ばして言い、岡山もにこにこ顔で順平を迎えた。

「作蔵さんは元気なようですね。おばあさんの方は相変わらずなんだけど、作蔵さんは先生がいてくれるので心強いと言ってね……」

岡山が台所にいるおかみさんにも聞かせようとするように、大きな声で言った。

そこへ、部屋に行っていた定野が現われた。彼の後ろに付いて来たのは空色のスーツをまとった若い女性で、前髪のかかった色の白い顔を俯けて、定野の脇からおずおずと進み出て来た。

「これは、僕のフィアンセでして、国から連れて来ましたので、ちょっと紹介しておきます。美恵子と言います、よろしく……」

「あ、定野先生の……」

小村がきょとんとした顔をした。

美恵子が口元に笑みを見せてお辞儀をすると、定野は順平を引き合わせてから小村と岡山も簡単に紹介した。船旅の疲れと緊張のためか、美恵子は伏し目がちのままで遂に一言も声を発しなかった。

厨房の方は静かで誰も出て来なかった。すでに紹介は済んでいるのだろうが、順平はおかみさんや勝枝の様子が気になった。

定野は美恵子を促して部屋に戻らせると、食堂の入り口で順平を手招きした。順平が行くと食堂の外へ出てガラス戸を閉めた。

そこで定野は、これから小坂教頭の家に二人で寄ったあと、午後の船で彼女を送って一緒に行き、福岡まで飛行機で行くので帰りは明後日になる予定だと順平に話して、

「それで明日学校に行ったらすぐに、僕が許嫁を送って帰ったことを、河田先生に言っておいてください。お願いします」

「河田先生にですか?」

順平が聞き返すと、

「そう、河田先生に……、お願いします」

と定野は頭を下げた。順平は何か仕事の関係だろうと思い、定野の頼みを承知した。

定野が去ると、おかみさんが台所から姿を現わした。

「斉田先生、お茶でもどうぞ……」

おかみさんの表情が何となく硬い感じだった。順平が長椅子に腰を下ろすと、小村が彼の顔を見ながら、

「定野さんにあんな可愛いフィアンセがいたとはね……」

何かを探ろうとするような目を向けた。

「許嫁がいるということは、以前にも定野さんから聞いたことがあります。きっと正式に

婚約したんだと思いますが……」

「それじゃ、今晩は二人でどこかホテルへでもお泊まりということかな？」

岡山がにやにやして言った。

「いいえ。午後の船で彼女を送って、定野さんもまた一緒に福岡へ帰るそうです」

「あ、そうなの？」

岡山が驚いた顔をした。

「見せに来ただけなんでしょう」

おかみさんがぼそっと言って厨房の中に消えた。

勝枝は姿を見せなかった。順平は早々に三好館を出て来た。

翌日順平が学校に行くと、職員室には河田一人がぽつんと座っていた。

「定野先生が今日は休むそうですけど……」

言いながら順平は河田の席に近付いた。

「あら、そうですか」

河田は微笑んで答えた。特に困ったふうにも見えないので、順平は意外な気がした。

「許嫁の人が来ましてね、昨日はその人を送ってまた一緒に福岡へ帰って行ったんです」

「えっ……」

河田は息を呑んで順平を見、たちまち血の気が引いたような顔になった。どうしたのかという言葉も出ず、順平は河田を見つめた。

「そうですか……。いえ、いいんです、何でもありませんから」

低い声でそう言ってから河田は笑みを取り戻そうとした。

「斉田先生は、定野先生の許嫁の方にお会いになったんですか？」

「ええ、昨日三好館で紹介されました。教頭のところへも二人で行ったようですが……」

「そうですか……」

そのまま河田が黙ってしまったので、順平は引き下がるよりなかった。

その日一日、河田はまったく元気がなかった。それは順平にとっても衝撃的だった。

翌日、福岡から戻った定野がいつも通りに出勤して来ると、真っ先に順平に向かって右手を挙げて「済まない」という表情をして見せた。そして河田に対しては何事もなかったかのように振る舞い、いつも通りの応対に終始した。それに対して河田も以前と変わらぬ様子に見えた。

だが注意して見ると、河田が定野や周囲に対して終始見せていた微笑みは、ほとんど影を潜めたのが順平にもわかった。その代わり彼女の表情には、何かを吹っ切ったようなある種の厳しさが感じられた。

順平は、自分が思いもしない役回りを引き受けてしまったことに一度は嫌な思いもしたが、定野を恨む気持ちにはならなかった。

彼は定野から許嫁の女性を紹介されたとき、その温かで柔らかな感じの人柄に好感を持った。勝枝とは対照的とも言えるその印象によって、定野の許嫁として納得することができた。そうして彼は、定野が急に福岡の町から許嫁を連れて来て、その存在を示さなければならなかった事情も、今となれば想像できる気がしたのである。

学校では二学期も終わりに近付いて、年の瀬が迫っていた。去年は行なわれた「全・定合同忘年会」も今年は取り沙汰なしで、それに対して文句を言う教師もいないようだった。

順平が職員室の机で仕事をしていると、彼の担任する生徒が六人揃ってやって来た。中で学級委員の平井徹がおずおずとして、

「先生、クリスマスをしたいんですけど……」

と言う。そんな申し出は初めてだから、順平が皆の顔を見ながら黙っていると、

「クリスマス会は全日制でもやるが」

「お金を少しっつ集めればできるだよ、先生」

「試験が終わった日にするからいいじゃん、先生」

平井の周りで他の生徒が代わる代わる言う。

順平は返事をする代わりににこにこして聞いていた。そのように自分たちの要求を持って順平のところに来てくれたことがうれしかった。もう十七、八歳にもなる三年生らしく、少しは大人びた目付きにも見えて来た。普段まじめな態度で目立つはずの平井が、次々に自分の考えを言う他の生徒の中で、何だか凡庸に見えて来るのがおもしろくもあった。

そのとき小坂教頭がわざわざ席を立って来て、順平に言った。

「私はいいと思いますよ、担任の先生がうまく時間設定をしてくだされば……」

順平が判断に迷っていると思ったのだ。

クリスマス会が認められ、時間と場所の条件がはっきりすると、生徒たちは早速準備に取りかかるつもりのようだ。そうなると前山伊代が先に立って働き出す。順平は何だか落

ち着かず、彼らの様子を見に行った方がよいかと思って立ち上がりかけた。

するとすぐ脇で蔵原がささやくように言うのだった。

「あとは生徒たちに任せた方がいいんだよ、斉田さん……」

なるほど、と順平は腰を落ち着けた。やっぱり生徒より自分の方が新米なのだと思うとおかしくなった。

クリスマス会の話は他の学年でも持ち上がっていた。

「二年生はどうなるかと思っていたら、集まってプレゼント交換だけするんだってさ」

芦田が呆れ顔で言ってから、

「でもクリスマス会なんて、こんなことは前には話にも出て来なかったなあ」

と愉快そうな顔をした。その代わり以前より世話の焼けることも増えた、と「悪ガキ」を操る芦田は嘆くのだった。

「一年はね、皆でお菓子を食べたいって言うから、それはいいねって言っておいたんだ」

一年の教室から戻って来た蔵原が、笑いをこらえるような顔をして言った。

担任を持たない河田一人が寂しそうだったが、結局蔵原の気遣いで一年生に招待されることになり、彼女もそれを喜んで受けた。

クリスマス会の計画がないのは卒業間近な四年生だけで、彼らは卒業を祝う会を三月にやることを決めたのだという。その代わりに二学期の最後に皆で定野の部屋に押しかける、片田と大山も一緒にという話が持ち上がったが、それは断ることにしたと定野は口惜しそうに、あとで順平にささやいた。

順平はすぐに勝枝の顔を思い浮かべたが、口には出さなかった。許嫁の美恵子を連れて来て見せたからには、定野もきっと三好館に居づらい気分なのだろうと彼は思った。

暮れの二十四日、一時間ほどのクリスマス会も終わり、二学期が終了した。生徒たちが口々に何か言い合いながら帰りのバスに乗り込む様子を見ていて、順平は、以前の沈んだ雰囲気と違う生き生きしたものを感じた。

翌日は冷たい西風が吹き、次第に厚い雲が出て風も強まって来た。昼前に順平が港の様子を見に行ってみると、今日明日ともに船はすべて岡田港から出るという掲示があった。

東京へ行く段取りを考えながら順平が海際の道を帰って来ると、前方からバイクが走って来て急に彼の前で止まった。乗っていたのは橋沢であった。

橋沢はバイクから降りて来て順平の前に立った。興奮気味で、ただごとではない様子だ。

「先生ってのは、二年か三年で島を出て行くんじゃないのか?」

いきなり順平に文句を突き付けて来た。唇をへの字に曲げ、感情を抑えた低い声だ。不意に言われて順平は答えようもなかった。

「出て行くんなら早く出て行ってくれ。いつまでもいて邪魔しないでくれよっ」

「何の邪魔をしたと言うんですか?」

順平は思わず突っかかるような言い方をした。珠江とのことを言っているのかと思ったが、文句を言われるようなことはなかった。

橋沢の顔に見る見る血が上り、順平を睨み付けた。一瞬、本気で喧嘩を売るつもりかと順平は身構えた。

「人の邪魔をするなって言うんだよ。どうせいてもいなくても同じなんだからよ、早く出て行けっ」

順平の顔に向かって怒鳴り付けると、橋沢は素早くバイクに跨って走り去った。強烈なエンジンの音が道の両側を震わせていった。

順平はただ茫然として見送るばかりであった。

十八　一場の夢

親元に帰って過ごす正月というものは、何とも言えずゆったりとした気分になるものだ。順平は去年それをしみじみ感じた覚えがある。だが今年の正月は、東京で過ごす日数を可能な限り多く取っておきながら、いつも何となく気が急くような思いがあった。

暮れの二十六日に大島の岡田港を船で出たとき、順平はむしろ橋沢の顔なんか早く忘れたいという気持ちが強かった。だがあのような若者から、教師は二、三年で出て行くと言われたことが、強い衝撃となっていたのは間違いない。正月に入って一日一日過ぎるうちに、橋沢の言葉を思い出すと胸が痛み、珠江のことが気がかりになった。

正月も七日になって、順平が東京を離れたとき曇っていた空も電車に乗っているうちに晴れてきた。海の風が予想以上に穏やかになり、昼過ぎに伊東港を出た船はほぼ定刻通りに元町港に着いた。

観光客を迎える港は、赤い椿で頭を飾ったあんこ姿の女たちが出て大賑わいだった。順平は難なく珠江の姿を見付けて立ち止まりかけたが、客を呼ぶ珠江が彼に気付いたかどうかははっきりしなかった。それでも順平は何となくほっとして、浜見屋の建物を眺め、三好館の入り口を見つめて歩いた。

下宿に帰って荷物を置き、土産の入った紙袋を持つと、改めて三好館に行っておかみさんに新年の挨拶をした。

「いつもご丁寧に、済みません、斉田先生。定野先生も今朝お帰りでしたよ」

おかみさんが言った。

順平が定野の部屋に行ってみると、定野は東京から来た船がかなり揺れたのでまだ気分が悪いと言って、部屋の真ん中で毛布にくるまって横になっていた。

翌日から学校の勤めが始まった。例年よりも寒くて生徒たちは教室で縮こまっていたが、話しかければ元気な声が返って来た。

それから三日目、その日は朝から西の風が吹いていて、午後になると黒い雲がのしかかって来てますます風も強くなった。

夜、順平が三好館の前で定野と別れてバス通りから石段を上って来ると、彼の部屋の入り口辺りに人影があった。その瞬間順平は橋沢のことを思い出して身構えたが、強い風に髪や衣服のあおられるのが見え、すぐに女であることがわかった。

順平が近付いていくと、珠江であった。

「おや、どうしたの、こんな遅くに……」

珠江は振り返り彼を見た。風が冷たいので順平はそのまま部屋の入り口に向かった。

「先生、この間橋沢さんと喧嘩したの？」

珠江が彼の後ろで心配そうに言った。

「喧嘩？　いや、彼が一方的に文句を言って、バイクで走って行っちゃったんだ。暮れのうちのことだよ」

「あの人、ひどいこと言ったの？」

「早く大島から出て行ってくれって……」

「えっ……」

珠江は小さな叫び声を上げた。

順平は部屋に上がって電灯を点けた。彼は珠江を中に招き入れようとしていた。

靴脱ぎは畳半畳ほどの土間で、外との境には太い角材の敷居がある。珠江は、入り口の開いた扉を押さえて敷居の外に立っていた。

「先生、橋沢さんと喧嘩したりしないでね。あの人、いらいらしてるみたいで、怖いの」

「僕は喧嘩なんかしないよ」

順平はまた土間に降りて言った。

そのとき風が珠江の髪を激しく吹き上げた。珠江は思わず髪に手をやって抑えた。電灯の光が彼女の白い顔を照らし出していた。

「珠江さんはバイクに乗せてもらったりするんじゃないのかい?」

「しないわ、そんなこと。ずっと前に一度乗っただけ……」

「そこじゃ風が冷たいから、ちょっと中に入ったらどうかな……」

順平は手を差し出し、扉を押さえた珠江の手に触れた。珠江は思わず扉から手を放した。

「もう遅いから、帰らないとおかみさんに叱られるね……」

順平が言うと、珠江はそれには答えず、

「この間、うちで喧嘩しちゃったの、橋沢さんのことで。だって、このごろ橋沢さんのことばかり言うんだもの……。わたし、あの人嫌いなのに……」

順平のどんな表情も見逃すまいとでもするように、彼女はじっと彼の顔を見つめていた。そのきりっとした目元に、以前彼の感じたような幼さはない。ふっくらした丸顔という印象であったのも、いくらか面長かと思うようなすっきりした顔立ちに見えた。

不思議な体の震えが順平を襲った。

珠江さん、その目を待っていたんだ――そんな叫び声が口をついて出そうだった。

「順平さん……」

不意に珠江が言った。今まで聞いたことのないような珠江の声だった。

順平は思わず珠江の両手を摑み強く握った。彼女を引き寄せて抱きしめたい衝動を感じた。珠江もそれを予感したかのように頰を紅潮させ、彼を見つめた。しかし彼女の体は固く、両足は靴脱ぎの外に棒立ちのままだった。

「今日は遅いから帰った方がいい。おかみさんを怒らせるのはよくない……」

ようやく順平はそう言って珠江の手をそっと押した。珠江は彼を見つめた姿勢のままでうなずいた。

そのとき突然、金属板を叩くような大きな音が続けざまに響き渡った。

「あっ、半鐘?」

と珠江が手を離し、聞こえて来た方角を見上げた。

半鐘が鳴るのは港の方だ。火の見櫓《やぐら》に半鐘があったことを思い出し、順平も靴脱ぎから出て半鐘の音に震える闇夜を見回した。

　珠江が不安そうな顔をして順平を見た。

「ちょっと家へ帰ってみる……」

　三好館は港に近い。順平が大きくうなずくと珠江は暗い空を見上げながら歩き出し、もう一度順平を振り返ってから小走りになって去った。

　半鐘の音はじきに止んだ。順平は庭の真ん中に立ったまま耳を澄ませてみたが、特に異状を感じなかった。珠江が戻って来るかと気になって、彼は何度も道路の方を見た。

　風が冷たいので順平は部屋に入った。電気ストーブに当たりながら机に向かい、頭の中は珠江のことでいっぱいだった。珠江がその気になったら東京に連れて帰りたいと思い続けた。

　不意に耳を疑うような半鐘の音が立て続けに響き、彼は我に返った。先刻とは違って必死に叩き続けているような激しい音だ。

　庭に出てみると、何か煙の臭いのようなものが漂っている。それとともに得体の知れない騒音が強い風に乗って聞こえて来る。順平は急いで下のバス通りに走り出た。そこにはあわてふためいて走る人が、すでに数知れずいた。皆元町港の方から山側へ向かって逃げて行く。焦げ臭い煙が人々を追いかけるように道路を流れて来ていた。

見ると港の方の空が赤くなっていた。順平は港へ向かって走った。

三好館の方に行く坂の上に出たとき、思わず足が止まった。闇空に半円状に広がった真っ赤な炎の中に、浜見屋の大きな屋根の形がくっきり浮かんでいた。

順平は一瞬呆然となったが、すぐ我に返ってよく見ると、浜見屋から伸びた炎の帯が陸の方に向かって尾を引いて流れている。西から海を渡って強風が吹き付けているのだ。そのとき初めて順平の耳に、ぴゅーぴゅーと笛を吹くような強風の音が聞こえた。

順平の頭には珠江の顔が浮かび、そしておかみさんの顔も浮かんだ。しかし三好館には定野や小村がいるはずだった。順平はすぐに作蔵のもとへ走って帰ることにした。

途中で、何やら二、三人の男ががらがらと音を立てて引いて来る物にぶつかりそうになって、身を避けた。見ると、赤い色に塗った消火用の手押しポンプらしい。まるでおもちゃのようだ。順平は呆気に取られて見送った。そう言えば半鐘の音は鳴り続けているが、消防車のサイレンは聞こえて来ないと気が付いた。

道路の両側には木造の古い家が建て込んでいて、強風に煽られた煙はますます濃くなるばかりだ。これはきっと大火事になる――順平はほとんど絶望的な予感に襲われた。

半鐘を乱打する音がいっそう激しく辺りを震わせている。順平は下宿への石段を駆け上がろうとして、女とぶつかりそうになった。角の雑貨屋の女だった。

「先生も早く逃げないと……」

女が叫んだ。その声が恐怖に震えている。

「作蔵さんとおばあさんが……」

順平も叫んだ。自分の責任はそれしかないと思った。すると女は立ち止まり順平に向かって必死の声を張り上げた。

「二人ともうちの人がリヤカーに乗せていったから大丈夫だ。だから先生も早く……」

「わかりました、ありがとう」

順平は女に礼を言ってそのまま自分の部屋に走り込んだ。

そのとき不意に半鐘の音がやんだ。火の見櫓にも火の手が回ったのに違いない。ごうごうと吹き付ける風の音は一段と強まり、暗い部屋に煙の臭いが立ち込めてきた。

「気の毒ですねえ。ここは焼けなかったので、どうか安心して休んでいてください」

小坂教頭の声だった。

順平は先刻も同じ声を聞いたような気がした。それは夢うつつの中で聞いた声だった。たちまち彼の頭の中に、家々の軒を伝って猛烈な勢いで燃え移って行く炎が浮かんだ。それは生き物のように軒から軒へ飛び跳ね、猛り立って叫声を上げていた。そんな炎を彼は見たことがない。その炎と炎の間を人々は無言で、ただ走りに走って逃げ続けたのだ。

彼は布団袋の中に敷き布団と掛け布団をつめ、その中に一張羅の背広や数冊の本を突っ込み、袋の紐を縛ると、それを担いで大急ぎで下宿の部屋を出たのだった。そして大勢の人の間で揉まれながら、軒を走る炎に追われて必死で逃げた。半鐘の音がすっかり消えて、ひっきりなしに颪の吠える不気味な音が聞こえていた。

ようやく小高いところに出て、崩れるように布団袋の上に倒れ込んだ覚えがある。顔を上げて見ると、目の前で二階建ての家が燃え上がって、闇をバックに四本柱が赤々と宙に浮かんでいた。

多分茫然自失の状態になっていて、自分の名を呼ぶ声を聞いたのだ。学校の事務の人が、小坂教頭の家に行くように指示し、荷物も一緒に車で運んでくれたような気がする。それはもう空が白んで来たころだった。彼は車の中からその空を見た記憶があった。

どこかで定野が小坂教頭と話している声がした。起き上がってみると隣に畳んだ布団が一組あった。順平は汚れた普段着のまま見慣れない布団にくるまっていたのだ。

小坂が台所から出て来て、順平を見ると、

「どうぞ休んでいてください。本当にお気の毒でしたね……」

「どうも、お世話になって済みません」

順平は敷き布団の上に座り直して頭を下げた。

「芦田さんも焼け出されて、蔵原さんのところにいるらしいよ」

定野が来て腰を下ろしながら順平に言った。

「三好館の人たちは無事だったのかな？」

順平が思わず口に出すと、

「火の粉の中を逃げ出したのは確かだけど、僕も必死でね、どうなったのかはわからない。火の回るのが早かったから……」

定野はそう言って口をつぐんだ。

「ここも、すぐそこの下まで燃えて来ましたよ。元町はほぼ全滅みたいなものでしょう」

小坂は言って、定野と順平にお茶を入れて勧めた。二人は同時にそれを口に持っていってすすった。温かくてうまいお茶だった。

しばらくすると河田波子が盆一杯に並べた白い握り飯を届けに来て、それを玄関で小坂に渡すとすぐ帰って行った。中に入って来て声を掛けることもせずに河田が立ち去ったのを、順平は不思議に思った。定野を見ると俯いたまま何も言わなかった。

翌日の朝早く、思いもかけず順平の父親修平が訪ねて来た。

修平は食料品などを詰め込んだ大きなリュックサックを背負っていた。順平は終戦直後に疎開先へ家族を迎えに来た父の姿を思い出した。五、六歳ごろのおぼろげな記憶だ。

「火事はニュースで知った。おまえは学校勤めだから、とにかく行けばわかるだろうと思って、昨日の夜の船に乗って来たんだ。無事なのがわかって、とにかくよかった」

修平は順平にそう言って、小坂教頭の入れたお茶を一口飲んだ。

順平は何とも言いようがなかった。彼は、こういう災難の渦中で教師は何をしたらいいのかと、頭の中ではそんなことばかり考えていたのだ。父親がこんなふうに取るものも取りあえず、順平の安否を気遣って島にやって来るとは想像もしていなかった。

順平は修平に、無事がわかったらそれでよいだろうから早く帰ってもらいたいと言った。今後のことにどんな見通しがあるわけでもなく、とにかくそう言わずにはいられなかった。

場合によっては息子を東京に避難させるつもりで来た修平は、順平にそう言われて驚いた。だがすぐに気を取り直して、

「いいんだいいんだ。おまえが元気でいるのがわかれば、お母さんも安心する」

そう言うと修平は小坂教頭に繰り返し礼を言い、その日のうちに岡田港から東京に向かう船で帰って行った。

「斉田先生のお父さんは偉い方ですね」

小坂は何度もそう言って感心していた。

順平は、力が抜けたようになって、泣きたくなるような気分に襲われていた。

翌日から定野と順平は、別の場所に新たに建てられていた教員住宅の部屋が与えられた。あとから芦田も加わったので、台所の付いた六畳一間で三人が共同生活をすることになった。二棟ある教員住宅は未完成であったために、そのあともしばらく細かな工事が続いた。

火災についての噂が幾つか流れて来た。あの晩は風速三十メートルを超える風が海から吹き付けていたのだと聞くと、呆気に取られるような気分だった。

火元は浜見屋の辺りらしいというが、詳しいことはわからなかった。順平の脳裏には、

あの夜目にした、赤い炎に包まれた浜見屋が浮かぶ。彼は、バイクに乗った橋沢の黒い影が燃え盛る浜見屋を背にして走り去るのを、夢うつつの中で見たような気がした。

教員住宅に引っ越した明くる日、順平は街の焼け跡に行ってみた。至るところでむき出しになったコンクリートや瓦礫《がれき》、そして黒い焼けぼっくいばかりが目に付いた。作蔵の家の跡は石段の形でわかったが、土台の石が散見するだけで燃えかすさえも見えない。三好館の跡はただ海に向かって突き出た崖の縁だけになっていた。街は何もかもすっかり燃え尽きて、しかもその灰もすべて強風に吹き飛ばされたのに違いない。これほどきれいに燃えてしまえば、火災の原因もわからなくなるのではないかと順平は思った。

それでいて死傷者は皆無というのが驚きである。順平は、作蔵夫婦をリヤカーに乗せて逃げた角の雑貨屋夫婦を思い出した。そうして、手押しポンプなどに目もくれず、身の回りの物も何も持たず、手を取り合って逃げて行く島人たちの群れを思い浮かべた。

普段から質素この上ない生活に慣れ親しんでいればなおのこと、物質的なものへのこだわりは微塵もない。皆そうなのだと思えば苦しみや悲しみに耐える力も湧く。人間同士の温かみさえ失わなければ、人は生きて行くことができるということか——。

学校では、被害の状況から見て授業の再開は二週間後を予定している。当面の間、生徒の把握は蔵原が河田と二人で引き受けると言っているから、被災した先生方は安心してくださいと小坂教頭が言った。生徒の死傷者がいないとわかって順平も安心した。

教員住宅の一室で共同生活を始めた順平たち三人は、毎日のように赤十字社から送られてくる救援物資を交代で受け取りに行き、貯まるばかりの衣類を部屋に山積みにして、三人それぞれ勝手に選んでは取っ替え引っ替え着て過ごした。食事も三人一緒に即席麵のような簡単なもので済ませることが多く、それで大して不満も何も感じない、何となく荒《すさ》んだ日々が続いた。

順平は町役場のテント小屋へ救援物資を受け取りに行って、担いで帰る途中で岡山に出会った。岡山は疲労のためか血走った目をして、順平を見ると懐かしそうに近寄って来た。

岡山の家は野増にあるので火災には遭わなかったが、役場勤めの身では毎日疲労困憊《こんぱい》の働きを強いられるらしい。ともかく互いの無事を喜び合ってから、順平が言った。

「三好館のおかみさんたちはどこへ行ったのか、岡山さんは知りませんか?」

岡山の顔が苦しそうになった。

「無事に逃げたことは確からしいが、今はどうしているか……」

「火元が浜見屋だという話を聞きましたが、本当なんですか？」

「そうなんです、あの辺りから火の手が上がったらしい。大きな家だったが燃えて跡形もない……。おかみさんたちは、岡田港の近くに住む親類に身を寄せたらしいんですが、今はそこにもいないようなんです。どこへ行ったのか……」

作蔵夫婦は野増の方にある施設に入っているから心配ないと岡山は言ったが、その顔はいつまでも曇ったままだった。

珠江の居場所もいつかわかると思っていただけに、順平は一挙に暗澹《あんたん》とした思いに沈み込んだ。浜見屋が親戚だからといって、珠江たちも火元の汚名を被るようなことがあるのだろうか。岡山もそれを心配しているようだ。珠江はもう元町に戻って来ないのかもしれない。そういう想像を、順平はなかなかうち消すことができなかった。

彼は、火事の起こった日の夜、最後に見た珠江の顔を思い浮かべた。それは一年前より成長した珠江の美しい顔だった。あのとき順平を見つめたその真剣な目と柔らかくて白い二つの手――。それらがまるで一場《いちじょう》の夢のように彼の前から消えてしまったのだ。あの夜が見納めになるなんて、順平には思いもよらないことだった。

順平たちのいる教員住宅の二つの棟は、焼け出された若手の教員が何人も入り込んで来たから、気分が落ち着くとともに賑やかになった。週末にはどこかの部屋に集まって酒を飲むようなこともあった。

やがて二月になると、都の人事異動で転勤先の決まる者がいた。芦田もその一人で、念願が叶った割に彼はさばさばとしていた。

「すっかり焼けちゃったから、転勤しても荷物が少なくていいや」

芦田はそう言って笑った。

彼の愛用の釣り道具もすべて灰になった。もっとも、芦田が最後に釣り上げた石鯛の魚拓だけは、正月に埼玉の郷里へ帰ったときに母親のもとへ置いて来たので無事だった。何しろ大島に暮らした証として第一番の宝物だからね、と芦田は言った。

独身者用住宅の近くにはさらに二棟の所帯用住宅も建築中だったが、火事のあと急ピッチで工事が進められ、あと半月ほどで完成するという。それがわかると、定野は早速借りる申し込みをした。

「部屋も少ないし狭いけど、ここでもう一、二年暮らすのもいいかな、と思ってね……」

まだ未完成の住宅を検分に行った定野は、帰って来ると順平にそう言った。何かに解放されたような明るい表情であった。

定野はこの機会に所帯用の教員住宅を借り、許嫁の美恵子を呼び寄せることにしたのだ。美恵子も定野に、大島に住んでみたいと手紙で言って来たのであった。

確かに、一、二年ここでのんびり新婚生活をするのも悪くなさそうだ。定野のことだから、転勤の計画もしっかり立てているに違いない、と芦田は言った。

それから何日かして、定野は一人で所帯用住宅に引っ越して行った。それで六畳一間に三人いた窮屈さはひとまず解消された。

更に三日後の朝方に、定野が美恵子を呼んで片付けをすると言っていたがどんな様子か、と芦田と順平は所帯用住宅の方へ行ってみた。

木々の間の細道から向こうを見ると、定野の住まいの前には早くも洗濯物が干してある。中で一際白く光る大きな布は、どう見ても夜具の敷布に違いなかった。

「あ、もう来てるんだ……」

順平が思わず声に出した。

二人は何となく度肝を抜かれたような気分になって、すごすごと戻って来た。芦田が知り合いの教師から釣り道具を借りてあったので、その日は芦田のライトバンに乗って二人で釣りに行ってみたが、水炊きに間に合う獲物は何も釣れなかった。

定野が所帯を持ち、芦田が都内転勤となると、順平は教員住宅の部屋でまた一人になる。

この教員住宅は街の中心部からだいぶ離れているが、雑木林に囲まれていてまことに静かである。静かではあっても、まだしばらくの間順平の心の晴れることはない。

彼はあるとき、街の焼け跡を見る気もせず、鬱屈した気分を晴らそうとして、住宅の背後に続く雑木林の中を歩き回った。自然のままの雑木林は歩きにくかったが、痩せた椿の木を何本も見付け、まばらに咲く花をたどるようにして歩いた。なぜか彼は赤い椿の花にひどく引かれた。

また、ある夜のことである。順平たち三人が住宅の近くの停留所でスクールバスを降り、雑草の間の細い道を上って来ると、ずずーんと重く響く音が一度ならず聞こえた。三人は思わず顔を見合わせ、山の方を仰ぎ見たが、生い茂った木々に遮られて何も見えない。定野と別れた後芦田が構わず住宅の中に入ろうとするので、順平は一人で住宅の裏に回り、雑木林を透かして三原山の頂が見える場所に出てみた。

ずずーんという音がまた聞こえ、さらに強烈な地響きが足元から伝わって来た。見ると、三原山の頂が真っ赤に輝いていた。続けて地響きが起こり、頂はさらに赤く光った。その重い地響きは順平の五体に伝わり、彼の鬱屈した心を揺すって奮い立たせようとした。彼は夜空を赤く焦がす山の頂を見つめたまま、しばらく動かなかった。

翌日、順平は街へ出た。無惨な皮膚病の跡のように斜面に広がった焼け跡の向こうに、青い海原がすばらしく大きく見えた。振り返れば、背後にそびえ立つ三原山は相変わらず悠然とした山容を見せていた。その頂には昨夜の鳴動の跡をとどめるように灰色の煙が一筋上り、上空で渦となって広がっていた。

順平は海を背にして山を仰ぎ、右手に広がる森に目をやった。海風を受けて山の裾野を低く這うように、海際に沿って長く伸びた青い森。それは華子の住む森であった。

雄大な三原山は、これからもあの森を慈しみ、育てて行くだろう。そうして、新たに生き返ろうとするこの街を、もう一度ゆったりと懐に抱いて、人々のやさしい営みを見つめて行くだろう。

順平は、いつの日か、珠江もきっとこの街に戻って来るに違いないと思った。それは彼の強い願いでもあった。

あの人は、三原山の麓のこの小さな街にふさわしい、美しい娘なのだから——。

著者プロフィール

佐山 啓郎（さやま けいろう）

1939（昭和14）年東京生まれ。1963（昭和38）年法政大学文学部日本文学科卒業。2000（平成12）年都立高校教員を退職。同年以降同人誌「コスモス文学」に作品を発表する。
著書に、『地の底の声を聞け』（2003年）、『甦る影』（2005年〈絶版〉）、『母の荒野』（2008年）、『ほのかなる星々のごとく』（2008年）、『芽吹きの季節』（2008年）、『紗江子の再婚』（2010年）—いずれも文芸社刊がある。

赤い花と青い森の島で

2011年9月15日　初版第1刷発行

著　者　佐山 啓郎
発行者　瓜谷 綱延
発行所　株式会社文芸社
〒160-0022　東京都新宿区新宿1－10－1
電話　03-5369-3060（編集）
03-5369-2299（販売）

印刷所　株式会社フクイン

ISBN978-4-286-10827-8